大师典藏馆

| 精美插图本 |

Friedrich Nietzsche

每个不曾起舞的日子
都是对生命的辜负

［德国］ **尼采** /著

陈永红 /译

江苏凤凰文艺出版社
JIANGSU PHOENIX LITERATURE AND
ART PUBLISHING, LTD

图书在版编目（CIP）数据

每个不曾起舞的日子都是对生命的辜负 /（德）尼采
著；陈永红译 —南京：江苏凤凰文艺出版社，2016
（大师典藏馆）

ISBN 978-7-5399-9378-2

Ⅰ.①每… Ⅱ.①尼… ②陈… Ⅲ.①散文集－德国－
近代 Ⅳ.① I516.64

中国版本图书馆 CIP 数据核字（2016）第 132240 号

书　　　名	每个不曾起舞的日子都是对生命的辜负	
著　　　者	（德）尼采	
译　　　者	陈永红	
责 任 编 辑	黄孝阳　汪　旭	
出 版 发 行	江苏凤凰文艺出版社	
出版社地址	南京市中央路 165 号，邮编：210009	
出版社网址	http://www.jswenyi.com	
印　　　刷	三河市华东印刷有限公司	
开　　　本	880×1230 毫米　1/32	
印　　　张	9	
字　　　数	204 千字	
版　　　次	2016 年 11 月第 1 版　2022 年 1 月第 3 次印刷	
标 准 书 号	ISBN 978-7-5399-9378-2	
定　　　价	39.00 元	

（江苏凤凰文艺版图书凡印刷、装订错误可随时向承印厂调换）

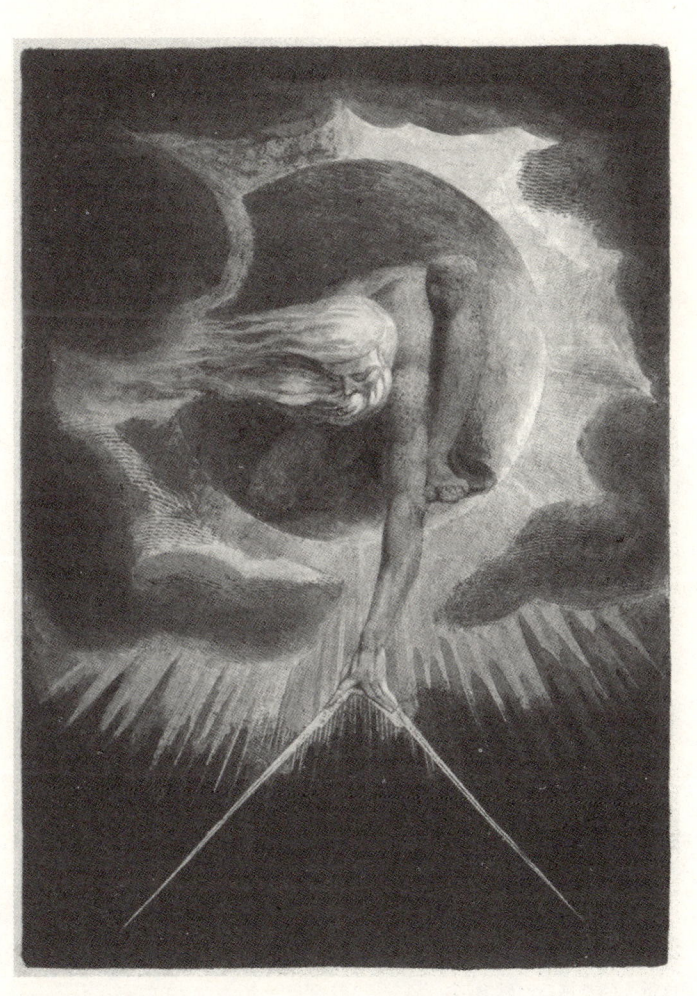

|目录|

上编 快乐的智慧

下编 查拉图斯特拉如是说

上编

快乐的智慧

人类这种爱奇思妙想的动物

人类这种爱奇思妙想的动物

无论我以善或恶的眼光去观察人类，我发现每个人都有一个本能的倾向，那就是竭力去做任何有益于保存人类种族的事情。这并非源于他们对种族的热爱，而仅仅是因为世界上再也没有比这个本能更根深蒂固、声强势壮、不可抵挡及无法战胜的事情了——这一本能就是我们人类种族的本质。虽然我们已经习惯于快速地以浅短目光，来区分邻人的有用或有害、善良或邪恶，但当我们以更宏大而整体的视角来思考和评估此事时，则会对这种界定和区别产生疑惑，最后只得放弃这种区分。因为即使是害群之马，当他在保存人类种族时都可能变成最有用的人，他竭力保存自己，或通过他的影响使整个人类避免腐化与衰退。

仇恨、幸灾乐祸、对财富与权力的贪婪，诸如此类都被叫做罪恶，但这些都属于保存人类种族的不可思议的制度。尽管这一制度代价昂贵、极度浪费并且十分愚蠢，但它仍被证明是迄今为止保存人类种族颇为有效的制度。

我亲爱的同胞和邻居们，我不知道你们是否生活在那种危害人类的严重处境中，它或许会使人类在数万年前就已灭绝，或许会使一切糟糕到连上帝都手足无措。竭力去追逐你们最好或最坏的欲望吧，直至毁灭！它们都可能会使你在某种意义上成为人类的推动者和恩人。人们会因此赞颂你，或者嘲笑你。但你很难找到一个真正有资格嘲笑你的人，他们总有一天会找回良知，悲惨地向你哭诉，并重投真理的怀抱。

　　或许我们会自嘲，就像被真理本身所笑话。因为人类对于真理的体验与认知远远不够，即使是最顶级的天才也难以望其项背。也许笑声仍是充满希望的。"人类种族才是最重要的，个体什么也不是。"当这一思想已融入人性，它带来的所谓的"终极解放"与责任感的缺失，便时刻都与我们每个个体紧密相连。也许，此刻的笑声充满了智慧，也许，这就是唯一的"快乐的智慧"。但无论如何，这终究是两码事。当存在的喜剧感尚未成为一种自觉的意识时，那我们仍然生活在一个悲剧的时代，一个道德和宗教充斥社会的时代。

　　这些道德和宗教的创立者、道德价值的鼓吹者以及宗教战争的导师们，他们展现出来的新面貌究竟有何意义？这些站在舞台中央的英雄们究竟有何意义？他们自古以来就是英雄，一切时代中的所有事物好像都在为这些英雄服务，要么是充当布景或机器的角色，要么是充当知己或仆从的角色。比如，诗人们往往是某种道德的仆从。很明显地，这些悲剧性的角色也在为人类种族的利益而服务，虽然他们都以上帝的使者自称，认为一切都是为了上帝。他们促进了生命的信仰，而这无疑是对人类种族的一种促进，"生命是值得活下去的，"每一位信徒如此呐喊，"总有许多重要的东西被深深地隐藏在我们的生命之中，要注意啊！"这些鼓舞人心的话语，激发了世间一切最高贵的和最卑微的灵魂，也时刻激发出了心灵的理性和激情，从而为人类种族的保存做出了贡献。他们既然拥有了如此辉煌的成就，便试图用尽一切方法使我们忘却，这一切其实都出自人类的本能，愚蠢而又缺乏理性。

　　生命是应该被热爱的，为了……！人类应该有益于自己和邻人，为了……！所有的这些"应该"和"为了"都已被赋予意义，过去如此，将来也如此。伦理学家充当了宣讲存在意义的导师，其目的就在于使那些自发形成的必然观念，看上去是经过深思熟虑才形成的理性戒条。为此，他甚至发明了另一个不同的存在，以实施那一套新理论，而不用依附原先的本体。可以肯定的是，他并不希望我们嘲笑存在本身，或者我们自己，或者他个人。对他而言，个体终究是个体，既非"总和"，也非"零"。他的发明可谓愚蠢而不切实际，而且还严重误解了自然之道，否认了其存在的条件。

当然，迄今为止，所有的伦理制度都可堪称愚蠢，并违反了自然之道，故而每个个体都足以使人类走向毁灭。每次，当那些英雄们重新跃上舞台，总会有些新的收获，总会响起那些令人毛骨悚然的雷同的笑声，总有许多的个体会被那些看似意义深远的话语所震惊。

"是的！生命是有价值的！是的！我应该活下去！"你、我以及我们每一个人都再次对生命本身产生片刻的热情。不可否认的是，在历史长河中，"笑声"、理性和自然总是居于这些伟大道德导师的上风。存在的短暂悲剧会逐渐转变成永恒的喜剧，而"潮水般的无数笑声"——引自埃斯库罗斯[1]——也最终会瓦解这些伟大悲剧。尽管有这些"矫正性"的笑声的存在，但从整体上而言，人类的本性已不可避免地被这些宣讲存在意义的导师所改变。人类增加了一个额外的需求，即对这些精神导师和对人生意义的诠释的需求。

与其他任何动物相比，人类已逐渐变成一种爱奇思妙想的动物，他们必须满足一个额外的生存条件，即人类必须时时刻刻确信他知道自己生存的目的。若没有周期性地对生命本身及生命的理性产生信心，那么，人类的种族则无法繁荣昌盛。他们一次又一次地反复宣告："有些事情是绝对禁止嘲笑的。"而最谨慎的人士也加上几句，"不仅是笑声和欢乐的智慧，还有悲剧及

1　埃斯库罗斯，公元前五世纪古希腊悲剧诗人。此处是其代表作《被缚的普罗米修斯》中的一处错译。正确的台词是"无数的海浪的笑声"。

其庄严的无理性，这些都是保存人类种族的各种方式。"

哦，我的兄弟，你了解我所说的了吧！你了解这个新的盛衰规律了吧！我们也将会有属于我们的时代！

绝大多数的人都缺乏"良知"

我总是重复相同的经验，并且每次都要重新作一番努力去抵制它。尽管我每次都能轻易地感知，但我仍然不愿相信这一事实。那就是：绝大多数的人都缺乏"良知"。真的，我似乎经常能感觉到，当某人发出这种请求时，即便身处人烟稠密的大都市，也如同置身于沙漠一般的孤独。每个人都以奇异的眼光打量着你，并且用他自己的尺度来衡量善与恶。当你指出他们的衡量并不准确时，他们并不因此而羞愧，也不会对你表示愤怒，或许，他们对你的怀疑只会付之一笑。

我的意思是：绝大多数人相信并竭力践行的这个或那个理念，事先都未曾认真地加以了解，以便找到赞成或反对的理由，而事后也没有给他们带来任何困扰，对于这一切，他们并不感到羞耻。即便是拥有最高天赋的男人和最高贵的女人都属于这"绝大多数人"。

但是，对我而言，一个人拥有善良、高雅和天分这些美德又有何意义呢？当他在信念和判断中对之十分松懈，当他不能将之作为内心最深处的渴望与需求时，那就可以区分出一个人的高低了！

在某类虔诚的人身上，我发现一些令人憎恶的品行，并以此来对待他们。这证明了他们败坏的良知会背叛他们自己。当我们面对存在的不和谐与不确定时，却毫无追问与质疑，不因欲望而战栗，欣喜而毫无厌烦地对待那些追问的人，或许还使他颇为愉悦——这就是我所认为的卑劣，也是我在每个人身上首先要寻找的感觉。有些愚人总是要说服我，只要是人，就都会有这种弱点。

也许，这就是我的所谓"不公正"的风格吧。

什么保存了人类的种族

迄今为止，最强壮和最邪恶的心灵在推动人类前进方面做出了杰出的贡献：他们无数次地重新点燃了人类昏昏欲睡的激情（任何井然有序的社会都会使激情昏然入眠）；他们也无数次地唤醒了人类在面临新鲜的、大胆的、未经尝试的事物面前所拥有的比较、反驳与欣喜的感觉；他们促使人类用一种观点去挑战另一种观点，用一种理想模式去对抗另一种理想模式。他们为达到这个目的，大都通过使用武力、推翻界石、亵渎虔诚等方式，有时甚至借助于新的宗教和道德！

在每一个道德导师和传教者眼里，我们能在任何新鲜事物上发现其危害之处，它会使征服者声名狼藉，即使它的语言表达更为巧妙，而且不会马上引起人的肌肉反应，但也恰好是因为这个原因，它才没有臭名昭著！任何新鲜事物在不良的环境之下，都企图去征服、推翻旧日的界石和虔诚。只有旧的才是"善"的！每个时代的善人都深深地沉浸于旧的思想之中，并使之开花结果——他们是心灵的耕耘者！但是那片土地终将贫瘠，而罪恶的犁铧必将一次次地重新开始耕作。

如今，有一个彻底错误的道德理论十分流行，而在英国尤甚。它断言："善"与"恶"的判断是以其"有利"与否为标准的。凡是能保存人类种族的那就叫做"善"，凡是妨害人类种族的那就叫做"恶"。事实上，"恶"的动机在保存人类种族方面仍是有利的，如同"善"一样都是不可或缺的——只不过它们作用不同罢了。

什么使人毫无愧疚地顺从

　　所有的人都觉得他们需要用最强烈的字眼和声音、最富表情的举止和姿态，来给人留下深刻的印象。他们都谈到了"责任"，实际上这都是些无条件的责任——如果没有这些责任的话，他们甚至连痛苦的权利都没有。他们深谙这一切！所以他们创设道德哲学，去宣扬某些无条件的原则，或者吸收其他优秀的宗教，比如马志尼[1]所做的。

　　要得到别人毫无条件的信任，首先就必须毫无条件地信任自己。当面对那些终极的、无可争辩的、固有的庄严的戒条时，他们就试图使自己逐渐变成它的仆人和工具。这样，我们就有了道德启蒙和怀疑主义的最普遍的也是最有力的对手。但是，这些人毕竟是比较罕见的。而从另一方面来说，在任何利己主义思想泛滥之处，就存在着这些广泛意义上的对手，尽管荣誉和名声似乎都在阻止着它。

　　作为一个古老而骄傲的家族的后裔，当一个人想到自己要成为某个君主、政党、教派甚至金融财团的工具时，便会感到自尊心受辱——但他仍然希望在自己和公众的面前，成为某种工具，而且也必须成为某种工具。他需要的是一种在任何时刻都能诉说出来的感伤性的原则；而且这也是一种绝对"应该"的原则，它使人能够公然地、毫无羞愧感地顺从。所有文雅的恭顺都坚持无条件的规则，这是那些想要使责任的绝对性丧失的人们的致命对手："体面"要求他们如此，而且还不仅仅是"体面"。

　　1　马志尼，意大利革命家（1805—1872）。

人们开始布道了

　　一个人的美德之所以被尊称为"善"，不是因为这对他们自己有好处，而是对我们大家和整个社会有好处——对美德的赞词总是远离"无私"和"非自我本位"！否则，我们将不得不承认美德（诸如勤奋、服从、纯洁、同情和公正）很可能对他们的拥有者而言，是有害的。作为一种驱动力，它过于强烈和贪婪地支配着人们，而决不让理性去协调自己与其他品格之间的平衡。

　　当你拥有一项美德——我指的是那种真实而完整的美德，而不是渺小细微的美德——那你就成为它的受害者了！但是你的邻人恰恰会因此而对你大加称赞！人们称赞勤奋，即使你的视力，以及精神上的原创性与勃勃生机，都会因此而受损；对于那些为工作鞠躬尽瘁的年轻人，人们既为之感到惋惜，但更引以为荣，他们的考虑如下："对于整个社会而言，即使损失了最好的个体，也只不过是个渺小的牺牲！对于这种不可避免的牺牲，我们当然感到惋惜！如果他换一种方式思考，将个人的生存和发展看得比他服务社会的工作还要重要的话，那必定会使事情变得更糟糕！"所以，虽然他们也为这个年轻人感到惋惜，但并不是因他本身之故，而是因为他是个忠诚的"工具"，对待自己那样无情——一个所谓的"好人"——因为他的牺牲而使社会有所损失。

也许有人会问到，如果他能在工作时对自己少一点疏忽，而使自己生存得更长久一点，那么是否会对社会更有用呢？——是的，人们承认如果是这种情况的话，确实会带来一些利益，但我们也要考虑到，其他的一些利益正因他的疏忽而变得更强大更长久；牺牲已成事实，它再一次向大家证明了人类是具有牺牲精神的。

因此，当一项美德被称赞时，我们首先称赞的就是其中有益于他人的那一面，然后才是盲目的那一面，而后者拒绝受到个体的整体利益的约束。——简言之，美德中的无理性，导致个体转换成为整体之中的一个渺小功能。称赞美德，就是在称赞一些能私下对个体造成伤害的事情，就是在称赞这种能使人丧失了最高贵的利己主义和最高级的自我保护力量的动机。

诚然，为了教导人们养成有德行的习惯，人们强调美德的不同作用，它使美德和个人利益看上去密不可分——事实上也的确存在这种关联！比如，盲目而极度的勤奋——这是种典型的"工具性美德"——它既通向象征财富和荣耀的道路，也是治愈无聊和情欲的最好的美酒，但是人们总是对它的极度危险性保持着缄默。换句话说，教育始终都以这种方式在进行：它试图通过一系列的利益诱惑，使个体习惯于接受其思考和行为的方式，当这种方式成为了一种习惯、动机和爱好之时，它便控制了个体并凌驾其上，使个体为了"一种普遍之善"，而去反对自己的最大利益。

我经常能看见这种情形：盲目而极度的勤奋在带来财富和荣耀的同时，也使人丧失了能享受财富和荣耀的优雅器官；这个治愈无聊和情欲的最重要的解药，同时也使人的感觉变得迟钝，使人的精神抗拒一切新鲜有趣的东西。（我们身处一个最勤奋的时代，但我们并不懂得如何从勤奋和金钱中去创造一切，除了更多的金钱和更加的勤奋之外；我们甚至需要更多的天才去花完这些财富，而非获取财富！——好吧，我们还有我们的"子孙后代"！）

如果这种教育成功的话，那么个体的每一项美德，都是一种公共的设施。至于谈到最高级的个人结局，那就纯属个人的一种损失——很可能还包含一些灵魂和意识的堕落，甚至是提前的死亡。从这个立场考虑的话，服从、纯洁、同情和公正等美德也是如此。

称赞别人大公无私、道德高尚、勇于自我牺牲——也就是说，这些人没有运用他全部的力量和理性，去追求自我权力的保持、发展、提高、促进和扩张，而是活得谦虚而草率，甚至带点儿冷淡和讽刺——这种称赞当然不是发自那些无私的灵魂！邻人称赞其无私，是因为这能带给他好处！如果邻人自己在思考时十分的"无私"，那么他将会拒绝自己实力的减少，因为这损害了自我利益；他将会极力阻止这种"无私"倾向的发展，甚至为了证实自己的"无私"，而不再将这种美德称之为"善"！在此，我们要特别指出这类备受推崇的道德的基本矛盾，那就是：它们的动机和行事的原则恰恰相反！道德既想以此来证明，却又以道德的标准来反驳它！

为了不自相矛盾，"舍弃小我，奉献大我"的要求应该仅由这样一种人——

他们舍弃了自我利益，甚至可能在奉献的过程中，造成了自我的毁灭——宣告出来。一旦邻人（或社会）为了实用目的而推崇利他主义时，它就直接使用相反的原则："你应该追求自我利益，即使为此付出其他任何代价。"

于是，人们开始布道了，用的是同样的节奏，一句是"你要……"，一句是"你不要……"！

轻易获得的战利品是可鄙的

帮助还是伤害别人，是我们将自身的力量运用在别人身上的不同方式——这完全取决于我们自己的意愿！我们伤害别人，是因为我们需要彰显自己的力量，而痛苦是一种比快乐更易为人感知的方式。痛苦总是让人去追究其起因，而快乐则使人停留于现状，而不会回头眺望。

我们对那些在某种程度上已经依赖于我们的人（也就是说，他们已经习惯于将我们视为其存在的理由），显示了我们的仁慈并极力帮助他们。我们想要增强他们的力量，因为这样我们也是在增强自己的力量，或者，我们是想向他们显示，成为我们势力中的一员后所带来的好处——那样，他们将会更加满足于自己的现状，且对我们的力量之敌更加充满敌意，并愿意与之作斗争。

不管我们是在帮助还是伤害别人的过程中做出了牺牲，这都不会影响我们行动的终极价值。即使我们拿生命作为赌注，就像那些殉道者为教会所作的一样，这也是一种为了获得力量或保存力量带来的快感而作的牺牲。某人会感觉到"我掌握着真理"——为了保持这种感觉，他又有多少"财产"而未舍得轻易地放弃！他之所以没有将之抛弃，是为了保持自己"高高在上"的地位——即位于那些缺乏"真理"的人之上！

当我们伤害别人时，必定很少感到惬意，而这种纯粹的快乐，只有在帮助别人时才能得到；它是我们仍然缺乏力量的标志，或者当它面对这种贫乏时，其实也泄露了自己的失败；它给我们已经拥有的力量带来了新的危险和不确定，而报复、轻蔑、惩罚和失败的氛围，则使我们的视野变得阴沉黯淡。只有对那些最急躁的和贪婪的力量的拥护者、那些一眼就被征服者当作施舍的对象（善行的对象）的人而言，这是种负担和厌倦。——因为自身力量的缺乏，在权力的信封上盖上印章，也许会更令人愉快。

这取决于一个人增添自己生命趣味的不同习惯，这也是一个爱好的问题，取决于他到底是喜欢从容的还是仓促的、安全的还是危险的事情，取决于他是否敢于增强自己的力量——他总是根据自己的性情去追求这种或那种趣味。对于骄傲的天性而言，一件轻易获得的战利品是可鄙的。只有当他们看到了那些可能成为敌人的桀骜不驯之人，看到了那些很难轻易获取的财物，他们才会由衷地高兴。他们常常对那些蒙受病痛折磨的人十分冷酷，因为后者并不值得他们为之争夺和感到骄傲——但他们对势均力敌的对手则显得谦恭有礼，因为只有棋逢对手，才能使人心生荣耀。

为这种场景的良好感觉所激励，骑士阶级习惯了以谦恭有礼的态度对待彼此。对于那些骄傲感淡薄也不渴望伟大征服的人而言，怜悯是一种非常愉快的感觉；即使是一件轻松易得的战利品——意即那些正蒙受病痛折磨的人——那也十分迷人。如同妓女身上的美德一样，怜悯也同样被人称赞。

人们在对自己撒谎

当法国人民开始批斗亚里士多德的三一律[1]，随后便有人为之辩护时，这样的一幕便会再现，它是我们常能见到的却又不愿见到的情景——人们对自己撒谎，为所谓的规则编出种种理由，仅仅是为了避免承认自己已习于这些规则，并且也不希望一切有所改变。这就是人们对每种盛行的道德和宗教观念所采取的一贯态度。只有当某些人开始抨击习惯、寻求理由和目的时，那些习惯背后的理由与目的才会再次被添加。

在此，我们揭示了一切保守主义者的虚伪——他们是谎言的添加者。

1　亚里士多德在《诗学》中将古希腊戏剧的特点归纳为三一律，即时间、地点和行动的一致性。亚里士多德，古希腊哲学家（前384—前322）。

那些不为人所知的美德

一个人所有自觉的品质——尤其是那些他希望清楚明白地展现在他人面前的东西——都从属于发展的规则，这完全不同于那些他一无所知或知之甚详的品质。这种敏锐掩盖住了真实的自我，即使从一个更敏锐的观察者的眼睛去看，也一无所获。他们知道如何掩藏自我，且看上去若无其事一般。

这就好比在爬虫的鳞片上做精致的雕刻，如果你将这些雕刻看作是装饰品或爬虫的盔甲，那就错了。只有透过显微镜，我们才能看清这些雕刻。换言之，如果我们拥有一双人工的像动物一样敏锐的眼睛，才可能将那些雕刻看成是装饰品或盔甲。但是，我们又怎会拥有呢？

我们听其自然地展现出所有能被人察觉的美德，尤其是那些我们相信能引人注目的美德。而同时，我们也听其自然地表现出了那些不易为人瞩目的美德，尽管它们也有着同样的属性，但对别人而言既非装饰品又非盔甲。也许，其中一种美德用尽各种方法取悦了上帝，才最终得到了一个神圣的显微镜。

举个例子，我们勤奋、有抱负、富有洞察力，全世界都知道这些美德。此外，我们可能也曾拥有过更多的勤奋、更大的抱负、更敏锐的洞察力，但是对这些"爬虫"身上的"装饰品"而言，洞悉它们的显微镜还没发明呢！而此时人的本能就会说："好极了！他至少知道了无意识的美德是可能的——这对我们而言就足够了！"

哦，你是多么的容易满足啊！

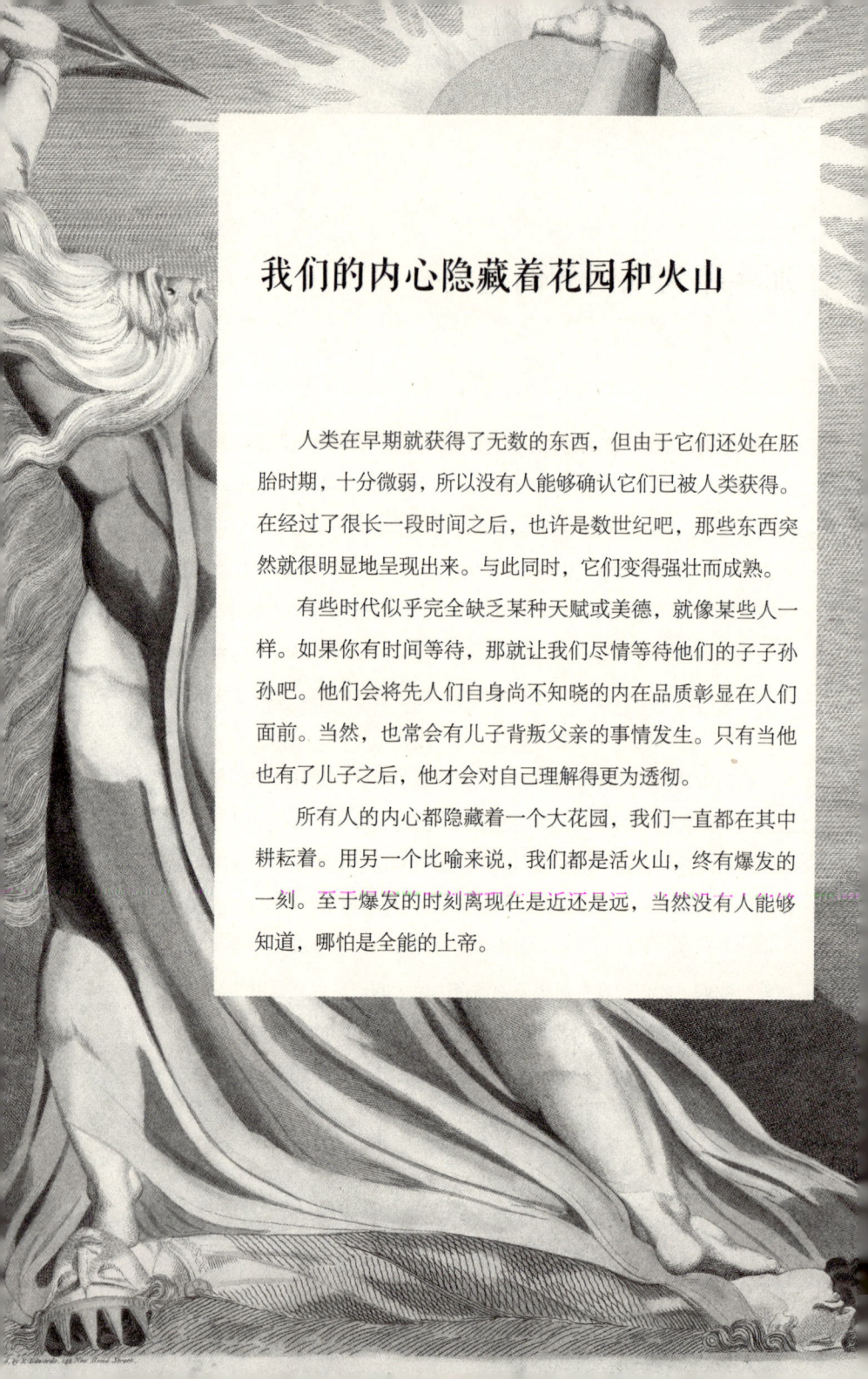

我们的内心隐藏着花园和火山

　　人类在早期就获得了无数的东西，但由于它们还处在胚胎时期，十分微弱，所以没有人能够确认它们已被人类获得。在经过了很长一段时间之后，也许是数世纪吧，那些东西突然就很明显地呈现出来。与此同时，它们变得强壮而成熟。

　　有些时代似乎完全缺乏某种天赋或美德，就像某些人一样。如果你有时间等待，那就让我们尽情等待他们的子子孙孙吧。他们会将先人们自身尚不知晓的内在品质彰显在人们面前。当然，也常会有儿子背叛父亲的事情发生。只有当他也有了儿子之后，他才会对自己理解得更为透彻。

　　所有人的内心都隐藏着一个大花园，我们一直都在其中耕耘着。用另一个比喻来说，我们都是活火山，终有爆发的一刻。至于爆发的时刻离现在是近还是远，当然没有人能够知道，哪怕是全能的上帝。

天性高贵者的冒险

对于普通人而言，一切高贵的、宽宏大量的情感看上去都不妥当，所以刚开始也都不可信。当他们听说类似事情的时候，就眨眨眼睛，好像在说："这里面肯定涉及到某些利益，我们并不能看穿每一堵墙。"他们猜忌那些高贵者，就好像后者在秘密地为自己谋求好处似的。如果他们十分确信其中根本没有自私的意图和好处时，他们就视高贵者为傻瓜，他们鄙视后者的愉悦，并嘲笑其眼神中的光辉。"怎么会有人乐于处在不利的地位呢？怎么会有人眼睁睁地看着自己处于不利地位而无动于衷呢？在这些高贵的情感背后一定存在某种理性的缺陷。"——所以他们一边如此想着，一边露出鄙夷的神态，其方式与他们鄙视一个疯子从自己顽固的想法中获得的喜悦一模一样。

识别普通人性的标志就是他们总能坚定地发现自我利益，而且这种关涉利益的意念甚至比最强烈的刺激还要来得强烈；它还不允许这些刺激引人走入歧途，从而做出一些缓慢无效的行为——这就是它的智慧和自尊。

比较起来，更高一点的天性则要显得无理性得多——因为那些高贵的、宽宏大量的、自我牺牲的人们实际上经不起自身的刺激；当他处于最好的状态时，他的理性就暂停了。一只动物会冒着生命危险去保护自己的幼儿，或者在交配的季节，一直跟随着雌性临艰履险，丝毫不会顾及到危险与死亡；此时它的理性也暂停了，因为它所有的喜悦都倾注在幼儿或雌性身上，而唯恐丧失这种喜悦的恐惧感完全支配着它；这只动物显得比平时更加笨拙——

就像那些高贵的、宽宏大量的人一样。

这些人拥有如此强烈的喜悦和痛苦的感觉，以至于他们降低了自己的智商，而去保持沉默或甘愿接受奴役；此时，他们的心脏便取代了头脑的地位，他称之为"激情"。此类激情背后的理性要么缺失，要么乖张，而它正是普通人鄙视高贵者的原因所在，尤其当激情指向的对象的价值观看上去十分奇特而独断的时候。他恼怒于那些受食欲的激情支配的人，他理解诱惑在这里扮演着暴君的角色，但他不理解的是，譬如一个人怎么能为了一种知识的激情，而甘冒健康和荣誉的危险。

更高天性的人敢于尝试一些特殊之事，这些事情通常无法引起大多数人的兴趣，而且看上去并不美妙；他们拥有一套独特的价值标准。此外，大家经常相信他们品位的特异之处并不在于这种独特的价值标准；相反地，他们的正面和反面价值都被认为和通常一样合情合理，结果就造成了他们的高深莫测和不切实际。

更高天性的人很少留有足够的理性去理解和对待普通人，尤为重要的是，他们深信自己的这种激情同样存在于每个人的身上，只不过被隐藏起来了，而且他们对此信念极为热忱，并大力为之辩护。

如果这些特殊的人们并没有意识到自己是特殊的，那么他们又如何去理解那些普通人，并给予其恰如其分的评判？——所以，他们总是谈论人类的愚蠢、不明智和胡思乱想，对世界的疯狂表示吃惊，而不明白有些事是"必须的"。

这就是高贵者永恒的"不公正"。

这世上的真理已经够多了？

　　世上有一种愚蠢的谦卑，而且它并不罕见。一旦某人为其所苦，他就永无资格成为知识的信徒了。当他接触到某种异乎寻常的事物时，往往拔腿就跑，同时还喃喃自语，"你一定是看错了！你的理性哪儿去了？这不可能是真的！"

　　接下来，他并不去仔细地反复审视与谛听，而是一跑了之，就像受到恐吓似的，赶紧逃离这惊人的一切，并设法尽快忘却它。因为他内心的宗旨是："我不愿看见任何与现行观点抵触的事物。难道我是为发现新的真理而生？这世上的真理已经够多了！"

真理的探险家

　　大多数人总是将头脑的一种律令——他们的"理性"——视为一种骄傲、义务和美德，当他们面对思想的空幻和淫逸时，则会深感窘迫与羞耻，从而成为了"健康的普通理性"的朋友。要不是有这些存在的话，人类早就毁灭了！

　　始终徘徊于人类身边的最大危险就是疯狂的突然爆发——更确切地说，是在感觉、视觉和听觉上突发的一种倾向；它为人类的头脑缺乏律令而欢呼雀跃；为人类的无理性而倍加欣喜。狂人世界的对立面并不真实，只是人们普遍都遵循某种信念，简言之，就是在下判断时不能随心所欲。

　　迄今为止，人类取得的最大成就，就是在许多事情上都达成了协议，并颁布了契约律令，而不管这些事情是对还是错。这就是使人类延续至今的一种头脑的律令。但它的对立面依旧十分强大，以至于一谈到人类的未来，任何人几乎都毫无自信。

　　世间万象如今仍然在持续不断地移动和变化着，也许比从前的任何时代都要快速迅猛。而那些最优秀的头脑却不断地对这些普遍遵循的规则表示了异议——他们可谓是真理的探险家！作为一个共同的信念，它已经被每个人所接受，但在那些精妙的心灵看来，这一切都令人恶心，他们产生了新的需求。而这种精神上前进的速度是如此缓慢，直到新的信念最终成为一种必然。这种模仿乌龟爬行般的速度被视为一种标准，它足以使艺术家和诗人临阵脱逃。只有这些热切的灵魂才会对突然爆发的疯狂产生一种真正的喜悦，因为疯狂带有如此欢快的节奏！

什么是必需的？那就是高洁的知性。——哦，我将换个最清楚明白的字眼——即高洁的愚笨是必需的；行动坚定、心灵迟钝的秩序维护者是必需的，以便那些伟大的共同信念的忠实者能够在一起共舞。这是维护人类秩序的最迫切的命令和要求。我们这些其他人都可算是例外分子和危险分子——我们永远需要保护——如今，我们当然也可以为这些例外分子说几句话，假如他们永远不想成为"规则"的一分子的话。

知识的目的

　　什么？知识的最终目的不就是给予人类尽可能多的快乐和尽可能少的痛苦么？但是，快乐和痛苦既然是如此的纠缠不清，任何人如果要想获得尽可能多的其中之一样，那么就必须接受相伴而来且数量相当的另一样；任何人如果要想享受"天堂般的欢乐"，那么就必须准备好迎接"地狱般的痛苦"[1]。

　　也许，事情本来就是如此，至少斯多葛学派[2]就是这样认为的。他们一贯主张要想将生命中的痛苦减少到最低程度，那就必须将快乐减少到最低限度（"拥有

　　1　引自歌德《哀格蒙特》。歌德，德国著名作家（1749—1832）。
　　2　斯多葛学派，古希腊哲学家芝诺于公元前305年左右创立的哲学流派。

美德的人是最快乐的。"[1] 这个谚语既有大多数人看得懂的学校标语类的清晰与明确，也有留给精细的人去揣摩的复杂与微妙之处）。

即使今天我们仍然拥有选择：要么获得尽可能少的痛苦，简言之，没有痛苦（社会主义者和其他所有党派里的政治家都无权向人们做出更多的保证）；要么获得尽可能多的痛苦，而以收获许多别人很少能体会到的高尚的欢愉和快乐为代价。如果你选择了前者，那么你既要消减人们面对痛苦的敏感与脆弱，又要消减人们承受欢乐的能力。

实际上，知识可以用来促进这两种目标的实现！迄今为止，我们都知道知识能阻止人们过分享乐，而使人变得更加冷静、庄严和坚忍，但也许我们可能还未发现它也是痛苦的最大制造者！——同时，我们还会发现它的反作用，那就是它也拥有让一个新的欢乐的星球突然爆发的巨大能量！

1　这一教义最初被苏格拉底所辩护，它也是禁欲主义伦理学的核心观点。

神圣的发呆

沉思已经失去了它所有形式上的尊严。我们嘲笑那种庄严、肃穆的沉思方式，也不能够接受一个作风古旧的智者。当我们旅行、散步、处理各种事物时，都在匆匆地思考，甚至在处理某些最重要的事物时也不例外。我们几乎不需要准备的时间，甚至是片刻的沉默都不需要。就像我们的头脑中备有一台永动机一样，即便在最糟糕的状态下，仍能维持工作。

从前，当某人注视着对方时，能够告诉对方的仅仅是他即将要思考的问题，而这种情况可能也极为罕见！如今，他想变得更加睿智，随时都在准备着思考。他就像一个祈祷者一样，集中表情，停下脚步，一旦思想来临，他可以在大街上伫立几个小时之久，无论是单脚还是双脚站立都可以。

这就是事物的尊严所要求的！

"保持沉默是件伟大的事情。"

希腊人在思想上十分的单纯而且合乎逻辑，至少在漫长的繁荣时代，他们从未对此厌倦。法国人也常是如此。如果仅仅是向对立面的一步小小的逾越，他们大都能欣然接受，只要它符合逻辑精神。但是一旦向对立面倾斜得太多时，他们就违背了自己友善的礼仪和克己的精神。逻辑对他们而言，就像面包和水一样是必需品，同时，它也像被囚犯迅速享用的饭菜一样十分单纯和朴素。

在良好的社会关系下，一个人永远也不要期待自己拥有绝对的、独一无二的正确，这就是所有纯粹逻辑所要求的。因此在法国人的才华之中总有一点非理性的存在。希腊人的爱交际的特性，发展得远不及过去及现在的法国人，所以即使是最生机勃勃的希腊人也几乎没有一点儿朝气，即使是最幽默的希腊作家也毫无幽默可言，所以……

噢，人们是不会轻易相信我的这种论调的，而在我的头脑中还有多少类似的观点啊！

"保持沉默是件伟大的事情。"马歇尔对喋喋不休的人们如此说道。

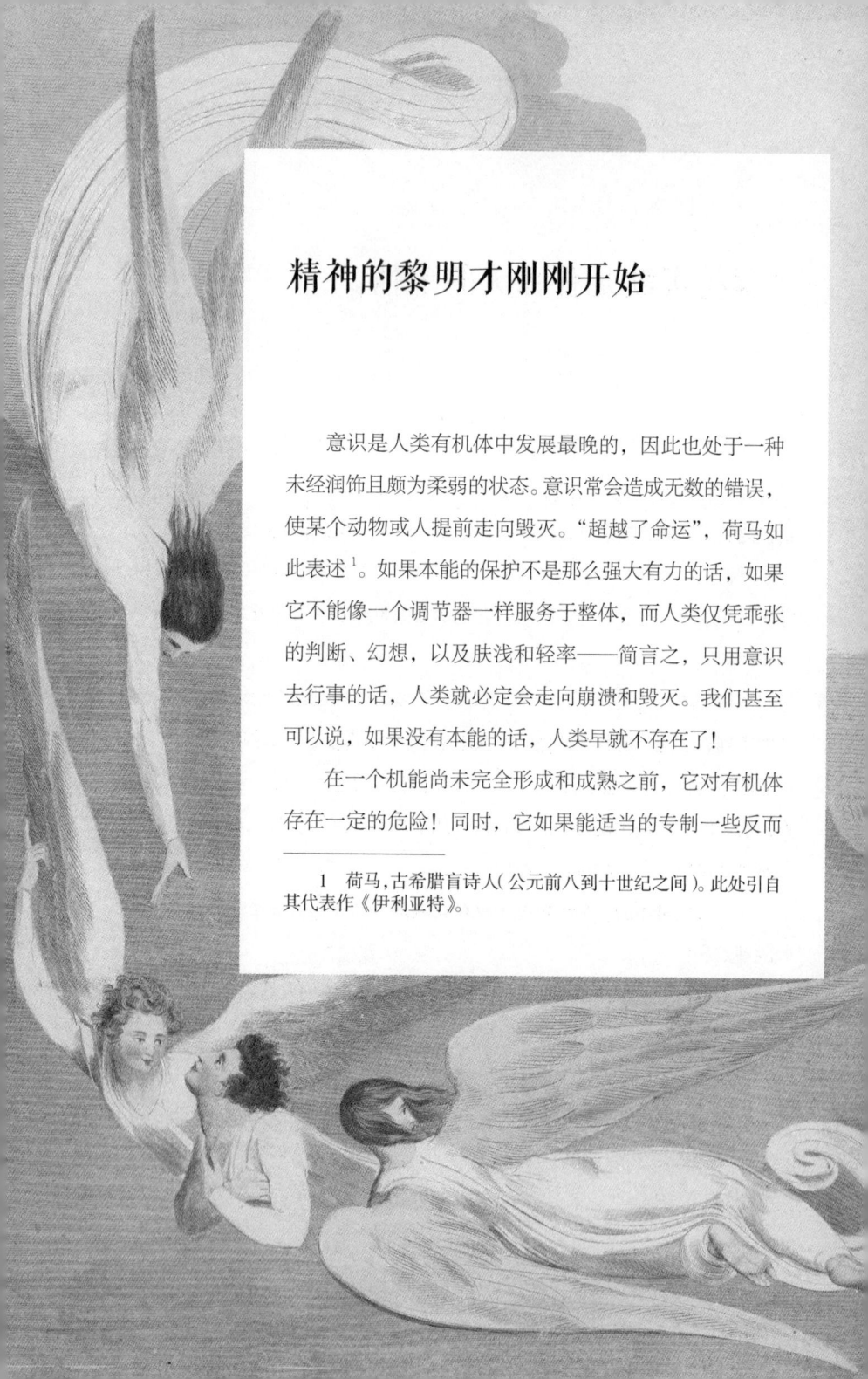

精神的黎明才刚刚开始

　　意识是人类有机体中发展最晚的，因此也处于一种未经润饰且颇为柔弱的状态。意识常会造成无数的错误，使某个动物或人提前走向毁灭。"超越了命运"，荷马如此表述[1]。如果本能的保护不是那么强大有力的话，如果它不能像一个调节器一样服务于整体，而人类仅凭乖张的判断、幻想，以及肤浅和轻率——简言之，只用意识去行事的话，人类就必定会走向崩溃和毁灭。我们甚至可以说，如果没有本能的话，人类早就不存在了！

　　在一个机能尚未完全形成和成熟之前，它对有机体存在一定的危险！同时，它如果能适当的专制一些反而

　　1　荷马，古希腊盲诗人（公元前八到十世纪之间）。此处引自其代表作《伊利亚特》。

是件好事！而事实上意识也是如此，而且它还没有一点儿骄傲！人们认为这就是人类的精髓所在，而且是最持久的、永恒的，最根本的与最独创的东西！意识被视为具有特定的重要性！人们否认它的成长和不稳定性，而将它看作是一个和谐的有机体！

这个对意识的可笑的高估及误解，产生了非常有益的后果。它阻止了意识的过快发展。因为人们认为自己已经拥有了意识，无须麻烦即可获得它。

但如今却完全不同了！要消化吸收知识并使之成为一种本能，这一任务对人类而言仍然十分陌生。在人类的眼中，黎明才刚刚开始，我们几乎不能清晰地辨认任何东西。只有那些认为迄今为止我们收获的只有错误，而且我们所有的意识都与错误有关的人们才能看清这一切！

要么伟岸，要么癫狂

对于某个时代里的极少数人，我宁愿将他们看作是突然出现的过去文化及其影响力的幽灵，这是人类的一种返祖现象。我们能够以这种方式去真正地理解他们。

他们也许看上去十分的奇怪、稀有和特别，可是不管是谁，只要能够感受到自身力量的人，都必定会尊敬与保护他们，为之辩护，也与之建立友谊，从而帮助他们去反抗另一个排斥他们的世界。

所以，他要么成为了一个伟人，要么成为了一个疯狂的怪人，除非他很快地毁灭了自我。从前，这种特质十分普通，因此人们习以为常，在人群中他们并不突出。也许他们是先天注定要成为伟人吧，因为发狂与孤独对他们并不构成危险，而在这方面，普通人则完全不行。这主要是因为当时的时代风气和社会等级制度，都在保护着这类古老天才的再次出现。而在种族、习惯和价值观念发展极度迅速的今天则几乎不大可能。

节奏在音乐中的作用，就好比是动机对于人类发展的作用。就我们目前的处境而言，这种乐曲发展中的"行板"是绝对必要的，就像节奏也有热情和缓慢之分，毕竟这是保存人类世世代代的精神所在。

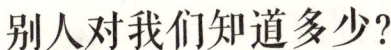

别人对我们知道多少？

　　当我们理解和回忆起生命中的幸福时，并不如我们所相信的那般斩钉截铁。总有一天，别人就会利用他们所掌握（或者我们认为他们已经掌握）的事情来指责我们。然后，我们就会意识到那才是更强大有力的。

　　一个人要无愧于心比较容易，而要改变恶劣的名声则较难。

梦游者一直做梦以免摔跤

当我的目光将投向一切存在本体时，感觉是多么的美妙与新奇啊，同时也是多么的恐惧和啼笑皆非啊！我发现古代（包括原始社会及过去一切有知觉的年代）的人性和兽性，都能成为我叙述的对象，让我或爱或恨，有时还免不了进行猜想。

当我突然从这一梦幻中醒来，意识到自己是在做梦时，为了使自己免于毁灭，那我还必须继续将这个梦做下去，就像梦游患者必须一直做梦以免摔跤一样。

那么，我看到的"表象"是什么呢？当然不是任何存在的对立面——除了对其表象命名之外，对任何存在实体，我又能说出什么来呢？它当然不是一个僵硬的面具，可以扣在某个人身上再随意地取下来。对我而言，表象是积极而活跃的个体，带着对自我的一种嘲笑，它走到了今天。它甚至使我感觉到除了表象、幽火和心灵的舞蹈之外，整个世界别无他物。在所有的做梦者之中，即使是像我这样一个有见识的人，都耽于这种舞蹈不可自拔，那些后来才逐渐领悟的人们就更不用说了。他们都只不过是在拖延舞蹈的时间罢了。他们也因此成为存在本体的司仪之一。知识之间存在着一种令人惊叹的连贯性和互相关联性，这也许会是一种最高级的方式，保持着梦幻的普遍存在。那些对梦幻有着充分理解的人们，也因而持续地活在梦中。

我已冒险将幸福画在墙上了！ [1]

　　人们一旦渴望去做某件事情，那么这种渴望便会持续地取悦并激励着人们。每当我想到这一点时，我就知道成千上万的欧洲年轻人必定拥有一种受苦的渴望，他们希望从痛苦中获得一些行动的理由。这种渴望是必须的！所以就有了政治家的欢呼声，有了各种虚伪、捏造和过度夸张的情景，而人们也乐于去盲目地信任他们。

　　这个年轻的世界需要的并非幸福，而是来自外界的明显的痛苦。它早已提前将这种痛苦想象为一个怪物，然后与之搏斗。如果这些对痛苦入迷的人们能从心里感受到一种有益的力量，那么他们就知道该如何创造自己的这种痛苦。

　　此刻，当整个世界充满了对痛苦的欢呼声和各种痛苦的感受时，他们的创造之物会更加的精巧，而他们满足的笑声听上去就像一首优美的歌曲！此时，他们手足无措，不知该如何面对自我，所以他们将别人的不幸画在墙壁之上。他们总是需要别人！还有别人的别人！

　　原谅我，朋友们，我已冒险将我的幸福画在墙壁之上了！

　　1　此处是对德国谚语"别把魔鬼画在墙壁之上"（因为这样做的话，魔鬼就会现身）的一种反说。

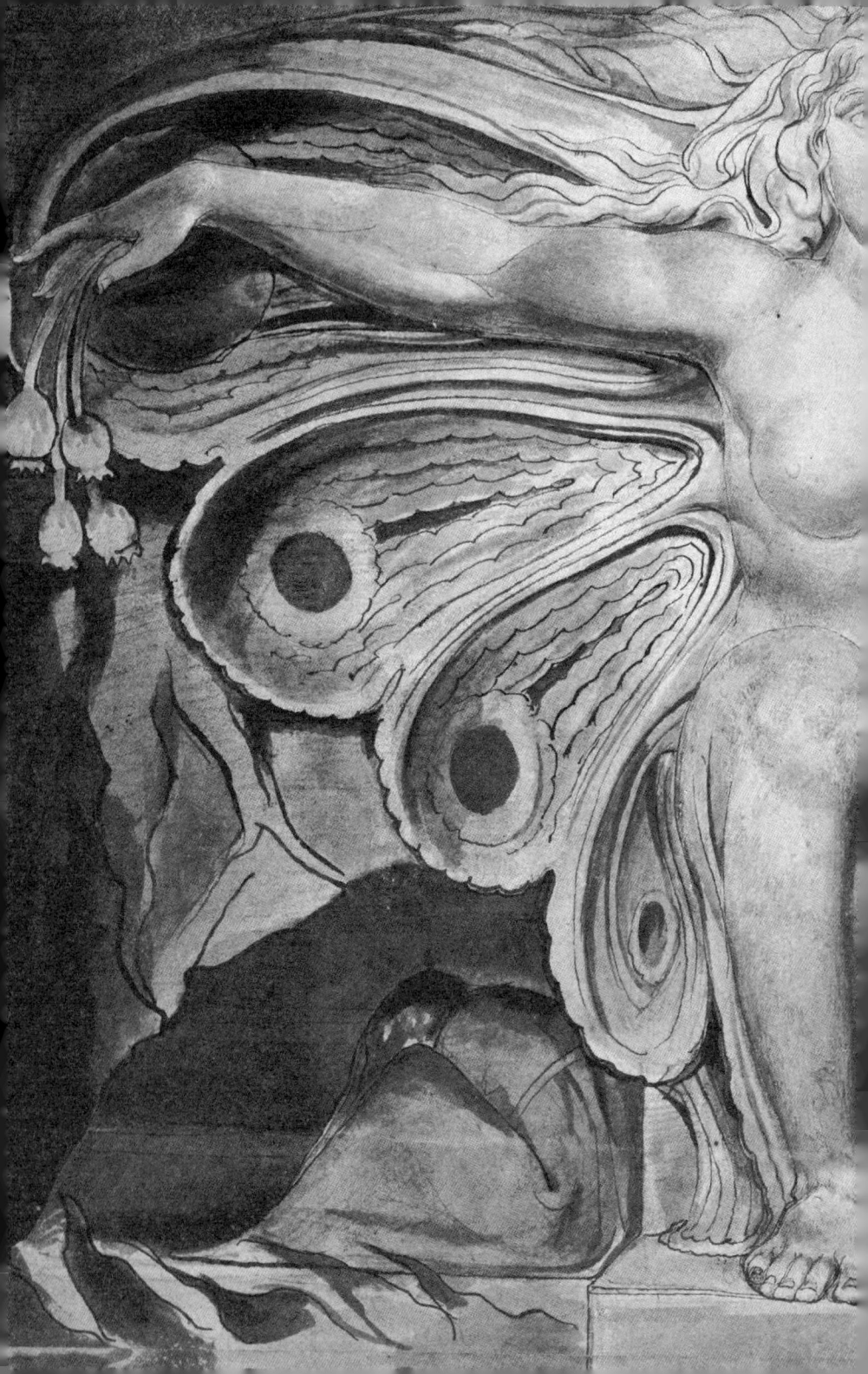

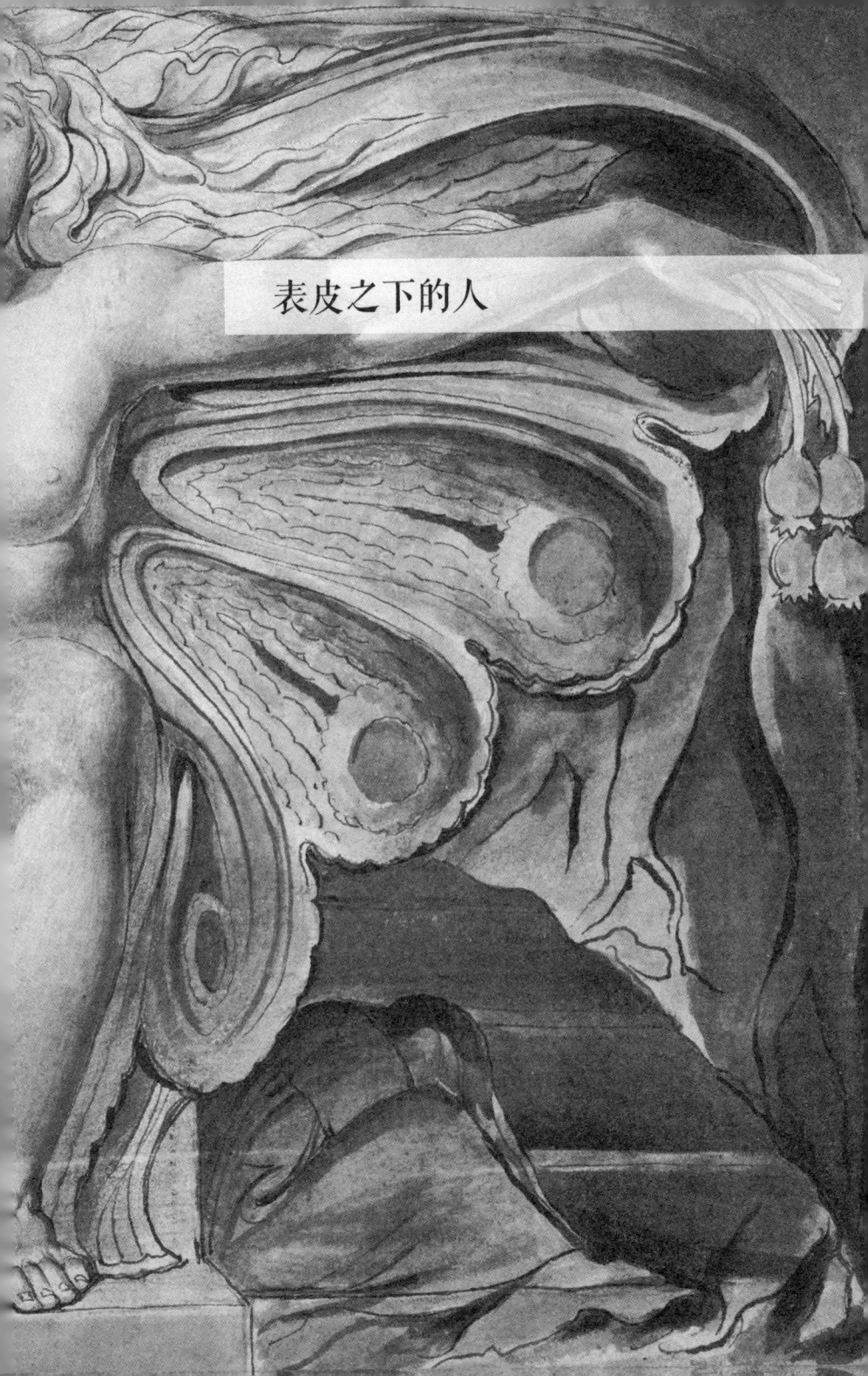

表皮之下的人

伊壁鸠鲁

是的，我对伊壁鸠鲁[1]的个性的了解，也许不同于其他任何人，对此，我引以为傲。在这个下午，我所听到和读到的关于这位先贤的一切，都令我十分愉悦。

我看见他凝视着这一片白茫茫的辽阔海域，越过海岸边的岩石，看到了天地之间一切伟大和渺小的生物都在阳光的照射下活动着，万籁俱寂，令人安心，就像这片阳光和他的双眼所能带给我们的一样。

只有持续遭受疾病折磨的人才能拥有此种幸福。在他幸福的双眼之前，存在之海仿佛已变得静止，他注视着大海的表面——这斑驳的、温柔的与颤抖着的大海的肌肤，永不厌倦地，仿佛此前从未有任何事物曾拥有如此恰到好处的性感。

---

1 伊壁鸠鲁，古希腊哲学家、无神论者（公元前 341—前 270）。

王的遗言

　　我们有时候会忆起奥古斯都大帝[1]。这个可怕的人，他具有极强的自控力，能像苏格拉底一样保持沉默，但他的遗言却显得轻率。他首次摘下了自己的面具，使大家都知道他一直以来都戴着面具在上演一出喜剧。"他扮演国家之父和宝座上的智者是如此的成功，足以使人信以为真！"

　　"请鼓掌吧！我的朋友们，戏已经演完了！"奥古斯都临终时的想法和尼禄王[2]的"我死了，对于艺术而言，是多么大的损失啊！"类似，这同属于演员的一种啰唆和自命不凡！这与临终时的苏格拉底截然相反。

　　不过，提比留斯[3]也沉默地去世了，在所有的自我折磨者中，他是最痛苦的一个人。他一片真率，而不是个演员。在生命的临终时分，拂过他头脑的可能是什么想法呢？也许是：

1　奥古斯都，古罗马帝国开国皇帝（公元前 27—公元 14）。
2　尼禄，古罗马帝国的皇帝（公元 37—68）。
3　提比留斯，古罗马帝国的皇帝。

生命是一场漫长的死亡过程，而我削减了如此多的寿命，是多么的愚蠢啊！我来到尘世是为了施惠众生么？我应该赐予他们永恒的生命。这样我就能看着他们永远都濒临着死亡。这就是我拥有慧眼的原因。我即将死去，但我曾是个多么优秀的观察者啊！在经过一番漫长的死亡挣扎之后，他看上去又恢复了力量，此时最好明智地拿起枕头捂死了事——这样他等于死了两回。

"我该如何对这两位年轻人？"

"我该如何对这两位年轻人？"作为哲学家，我十分恼火地大声叫道。我曾使年轻人变得"堕落"，就像苏格拉底当年也做过此事[1]。他们都是不受欢迎的学生。对待任何事情，其中一个不会说"不"，而另一个则只会说"差不多"。

如果他们接受了我的教义，那么第一个人则会忍受极大的痛苦。因为若要按照我的方式去思考，那么他必须要有一个英勇好战的灵魂，极度渴望世间的痛苦，对说"不"欣喜万分，以及拥有一副坚强的外壳，这位年轻人则会在内外夹攻的伤害中逐渐屈服；而第二个人只会对他代表的任何事物都一味妥协，一切事物因此都趋于平庸——我倒希望我的敌人拥有这样的信徒。

1　参见柏拉图《申辩篇》。

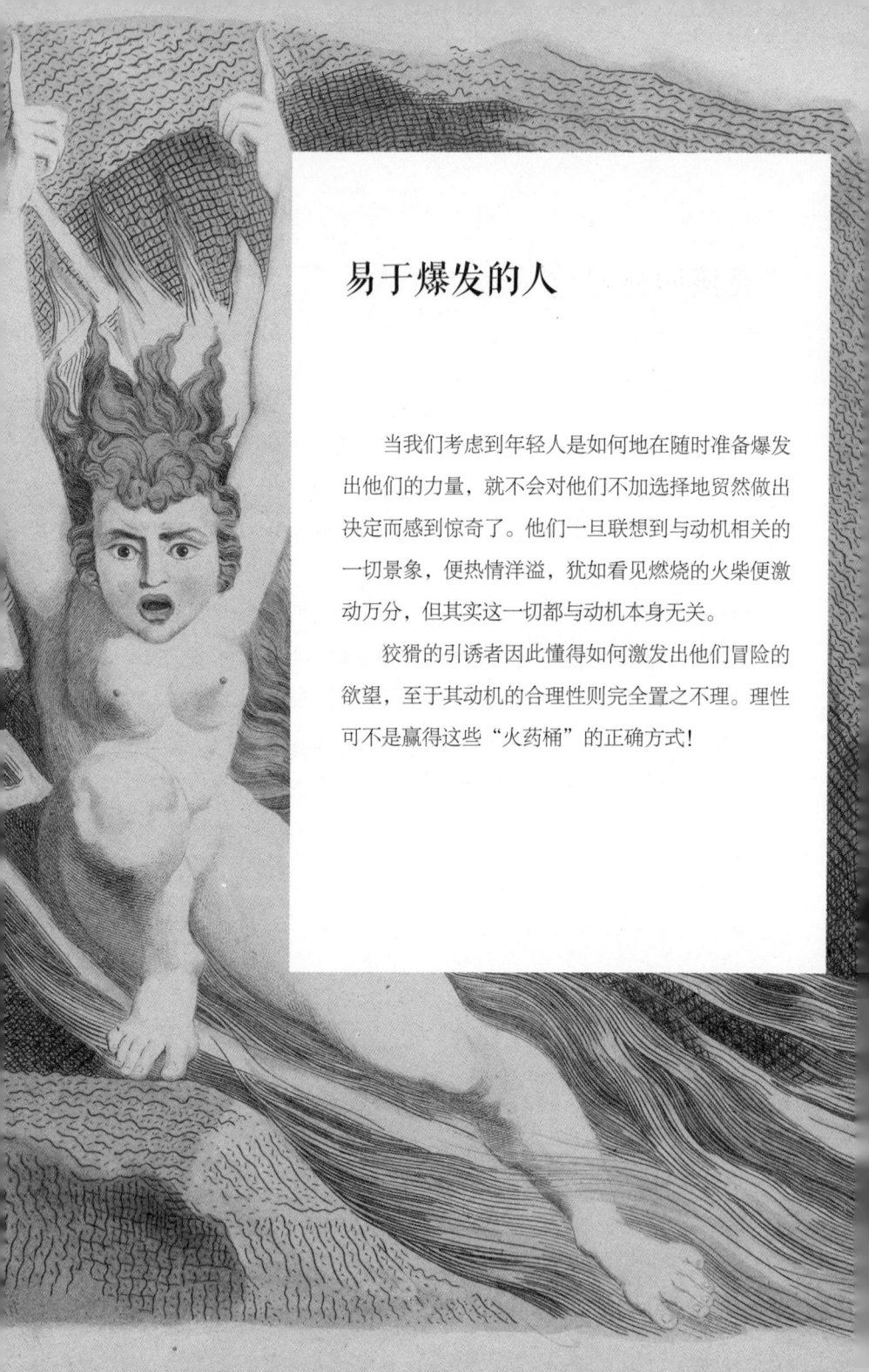

易于爆发的人

　　当我们考虑到年轻人是如何地在随时准备爆发出他们的力量，就不会对他们不加选择地贸然做出决定而感到惊奇了。他们一旦联想到与动机相关的一切景象，便热情洋溢，犹如看见燃烧的火柴便激动万分，但其实这一切都与动机本身无关。

　　狡猾的引诱者因此懂得如何激发出他们冒险的欲望，至于其动机的合理性则完全置之不理。理性可不是赢得这些"火药桶"的正确方式！

强者的药

　　去调查那些拥有完美人生且成就卓著的人们吧，或者问问你自己：一棵被寄予厚望的参天大树能否免于暴风雨的袭击？能否免于各种厄运与阻力？如果世间必须存在一个有利的环境，否则任何伟大的成长都几乎不可能，甚至是美德也很难扎根，那么各种憎恨、嫉妒、顽固、怀疑、严酷、贪婪和暴力，能否都被它剔除在外？

　　毒药既能使弱者走向毁灭，也能使强者变得更有力量，而强者绝不称其为毒药。

那人们称之为爱的事物

　　贪婪和爱，这两种如此不同的感觉都是由什么引起的呢？也许它们都是同一种本能的不同名称罢了。一种情况是：已经拥有的人对之十分贬低，因为他们身上那种本能的冲动已经逐渐变得平静，对已经得到的事物，他们则忧心忡忡。而另一种情况是：人们始终不满足，内心的渴望仍十分迫切，于是将这种追求称为"善"。我们对邻居的爱——它不也是一种对新的财物的渴望吗？同样的，我们对知识、真理的爱以及对一切新鲜事物的追求，不也是如此吗？

　　我们逐渐厌倦了那些陈旧的以及已经安稳地拥有的东西，而再次伸出了自己的双手。即使是最漂亮的风景，当我们在里面住了三个月之后，也不再确信还会那么喜爱它，而那些遥远的海岸线，却激发了我们内心的渴望之情。一切已拥有的东西往往都因拥有而被轻视。我们收获的快乐

总是尝试着不断地给我们带来一些新鲜的东西，以此来保护它自己。——这简直就是拥有的全部含义。

当我们对已经拥有的东西产生了厌倦时，其实就是厌倦了我们自身（过量拥有会使人深受其苦——即使我们也想着要舍弃与分发，但仍会以"爱"的名义继续拥有）。当目睹他人处于困境之中时，我们喜欢利用这一机会去侵占对方。比如，我们成为了他的恩人，并怀着一颗恻隐之心为他做下一切，然后再因这种"爱"而要求获得更多新鲜的东西，而这种喜悦就类似于看到一件新的战利品所激发出来的感觉。

无论如何，异性之爱是一种最能清晰地彰显自我的情感，它与我们对一件新的财物的渴望完全一样。对朝思暮想的心上人，情人总是希望能无条件地独自占有；无论是她的灵魂还是她的身体，他都希望拥有绝对的控制权；他希望成为她的唯一，停驻并统御在她的灵魂之内，就好像自己是最至高无上的也是最称心如意的。

如果有人考虑到这就意味着整个世界都被排除于他最珍贵的爱情以及欢乐与享受之外；如果有人考虑到情人已看到了其他所有竞争者的贫穷与匮乏，而只想要成为一条看守自己金库的龙，他只是所有"征服者"和开拓者之中最轻率和最自私的一位；如果有人考虑到，对于情人而言，其余的世界都显得无关紧要、暗淡无光和无足轻重，他已准备好去做一切奉献、扰乱所有秩序并看轻其他任何利益时，那么，此人才会真正地惊奇于这种具有狂热的贪婪与不公平特质的异性之爱，居然在每个时代都被美化和神化到如此至高境界。——是的，这种爱情装饰了爱的概念，它一直以利己主义的对立面自居，但事实上它可能是利己主义的最直白的一种表现。

　　很明显地，无产者和渴望拥有的人在这儿限定了语言的用法——这样的人大概总是会有太多吧。那些在这一领域内已经拥有了许多并为此十分满足的人，偶尔还会被评为"疯狂的恶魔"，所有雅典人中最可爱的也是最被热爱的人——索福克勒斯[1]就曾如此评价过。但是爱神厄洛斯总是嘲笑这些亵渎者，虽然他们一向都是他最宠爱的人。

　　地球上到处都有一种爱的延续，它使两个人互相之间的贪婪欲求不断让位于新的渴望。而后者是一种共享的更高级的渴求，它超越了彼此，成为一种典范。但是，又有谁懂得这样一种爱呢？有谁体验过吗？

　　它真正的名字是——友谊。

　　1　参见柏拉图《理想国》。索福克勒斯，古希腊剧作家（前 496/ 前 497—前 495/ 前 406 ）。

爱

　　爱能宽恕情人的一切，
包括他的情欲。

表皮之下的人

当我们深爱一个女人的时候，便很容易恼恨人类的天性，因为每一个女人都受人类丑恶天性的支配。我们宁可什么也不想，然而一旦我们的灵魂接触到这些天性时，便会不礼貌地耸耸肩，如同我们常说的，给它一个轻蔑的冷眼。它侮辱了我们，如同用那亵渎之手侵犯了我们的财产。在此种情形下，我们拒绝去听任何生理机能的论调，而且还对自己秘密地宣称，"我不再相信任何关于人是灵魂和形式之外的其他东西的理念。"对所有的恋人而言，"表皮之下的人类"是一种令人难以置信的可恶的怪物，这是对上帝和爱情的一种亵渎。

正如从前每一位参加礼拜的人们崇拜上帝及其"神圣的全能"一样，如今，恋人们对这些天性及自然的行为也依旧敬服。在天文学家、地质学家、生理学家和医师们所提到的一切有关天性的事物之中，他们看到了一种对最心爱的财产的侵犯，最后成为了一种攻击，这是多么无耻的行为啊！甚至"自然法则"在他听来都是一种对上帝的亵渎，从

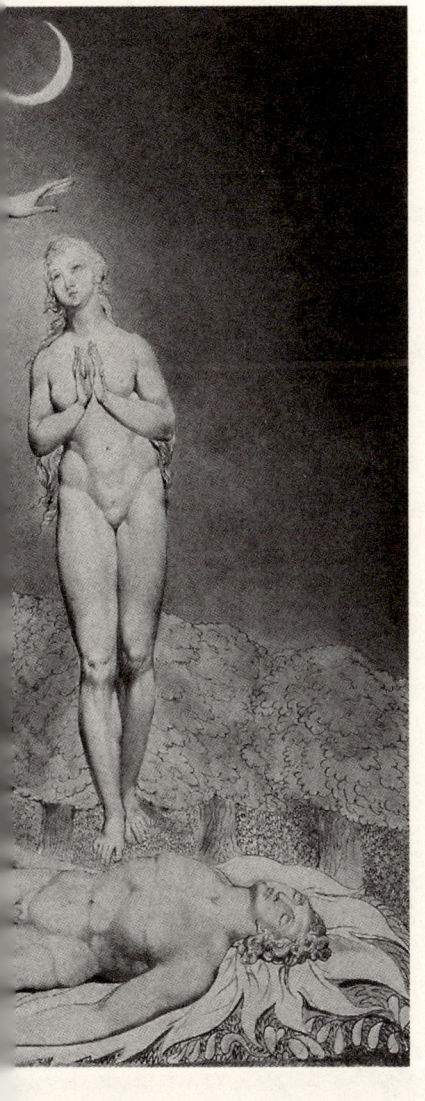

根本上而言，他宁愿看到一切机能都可以追溯到关于意志和抉择的道德行为上去。但因为没有人可以给他提供这项服务，他便尽可能地掩藏了自己的天性和机能，而生活在梦境之中。

哦，从前时代里的人们知道如何去"做梦"，甚至不必先睡着了就能做梦。而我们现代人虽然也精通此道，但总是期待着苏醒和天明！我们需要的仅仅是爱与恨，以及不断的要求或者感受！与此同时，梦的精神和力量便会充溢我们的身心，我们睁大双眼不断攀爬，对各种危险都无动于衷，一直爬过屋顶最危险的小径，登上幻想之塔，也毫不头晕，仿佛我们天生注定就是必须要攀爬的人——我们就是白日的梦游者！是艺术家！是天性的隐匿者！是月亮！也是上帝的迷恋者！我们是不知疲倦的漫游者，带着死寂般的沉默，站在山巅之上。而在我们的眼里，这座山巅不过是个平原，也是个平安之所。

弱者之强

　　女人们很会巧妙地夸大她们的弱点。确实，女人在展示弱点方面可谓创造力十足，好像她们都是极度脆弱的装饰品，哪怕一粒灰尘也会对之造成伤害。她们的存在就是为了提醒男人的笨拙，并使之为此背负起良心上的责任。她们以这种办法保护自己，来对抗世间的强者和所谓的"丛林法则"。

向友情致敬

　　友情被古人视为一种最高的情感，其地位甚至高于智者的最出名的自尊心。确实，与自尊相比，友情是一种更神圣的独一无二的情感。

　　这可以从麦西多尼国王的故事中得到很好的证明。他送了一些钱币给一位名声不好的雅典哲学家，结果被退了回来。"怎么回事？他难道没有朋友吗？"国王说道。

　　他的意思是：我敬重他身上的自尊心，他是位独立而睿智的人。但假如他在心里把友情的地位看得比自尊心还要高的话，我会更加敬重他。他降低了我对他的敬意，因为他并不懂得友情与自尊一样，都属于人类最高级的两种情感，而且它的地位还要高于自尊。

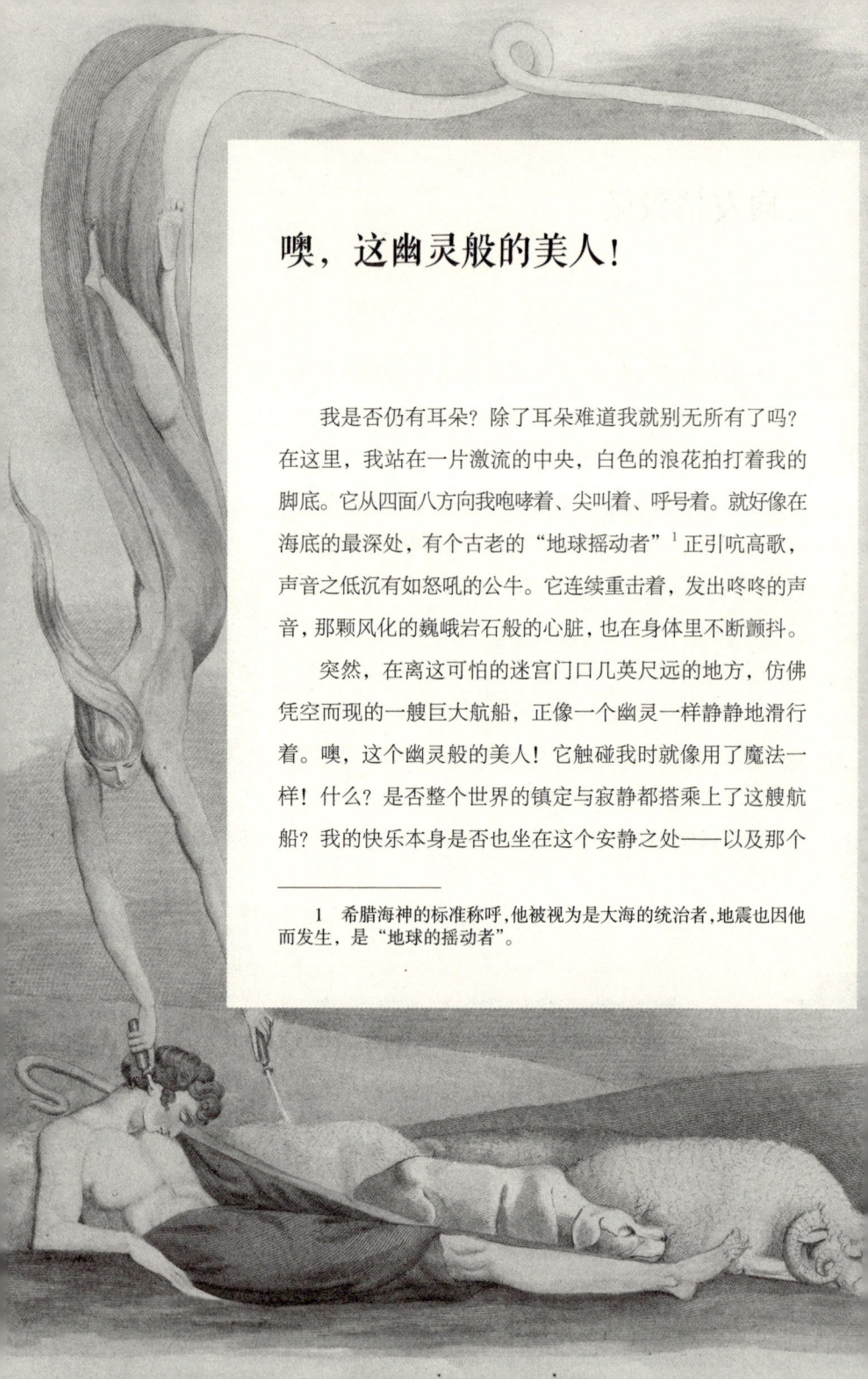

噢，这幽灵般的美人！

我是否仍有耳朵？除了耳朵难道我就别无所有了吗？在这里，我站在一片激流的中央，白色的浪花拍打着我的脚底。它从四面八方向我咆哮着、尖叫着、呼号着。就好像在海底的最深处，有个古老的"地球摇动者"[1]正引吭高歌，声音之低沉有如怒吼的公牛。它连续重击着，发出咚咚的声音，那颗风化的巍峨岩石般的心脏，也在身体里不断颤抖。

突然，在离这可怕的迷宫门口几英尺远的地方，仿佛凭空而现的一艘巨大航船，正像一个幽灵一样静静地滑行着。噢，这个幽灵般的美人！它触碰我时就像用了魔法一样！什么？是否整个世界的镇定与寂静都搭乘上了这艘航船？我的快乐本身是否也坐在这个安静之处——以及那个

1　希腊海神的标准称呼，他被视为是大海的统治者，地震也因他而发生，是"地球的摇动者"。

更快乐的自我和第二不朽之自我[1]是否也都在此？虽然尚未完全死去，但也不再鲜活了吧？它是那个如同灵魂般静谧，注视着周围，不停地掠过和盘旋于头顶的中间物质吗？而我仿佛就成了那艘张着白帆在黑暗之海中不断前行的航船，就像一只巨大的蝴蝶？

是的！要跨越存在！就是这样！一定是这样！——看上去这里的噪音使我变成了一个梦想家。一切巨大的噪音都能使我们将快乐安放于宁静而遥远的地方。当某人置身于他自己的喧哗之中，在他自己构想与计划的海浪之中，可能他也会看到一些宁静而迷人的创造物从他身边掠过，对方身上的那种快乐和隐秘就是他一直所渴望的——那就是女人。他几乎认为他更好的那个自我就生活在女人之间：在这静谧之处，即使最凶猛的波涛声都会变得死寂一般，而生命本身也做起了一场有关生命的美梦。

但是！但是！我高贵的狂热者，即使在最美丽的航船上，也会有如此多的噪音与喧哗，更不幸的是，还有如此之多的零碎而细小的杂音！女人最迷人和最有力的影响就是，用哲学家的话来说，就是隔着一段距离的行动，但是，那首先要求的就是——距离！

1　尼采此处用的德国名词的意思是包含"死亡"和"使人不朽"的双重含义。

女人之疑

　　恐怕女人年龄越大，她们在内心最深处就会比任何男人都更具怀疑论的倾向。她们相信存在的表象就是其本质，一切美德和奥妙都只不过是覆盖在这个"真理"上的性感面纱而已。——换句话说，除了外表的体面及内在的羞耻，就别无他物了！

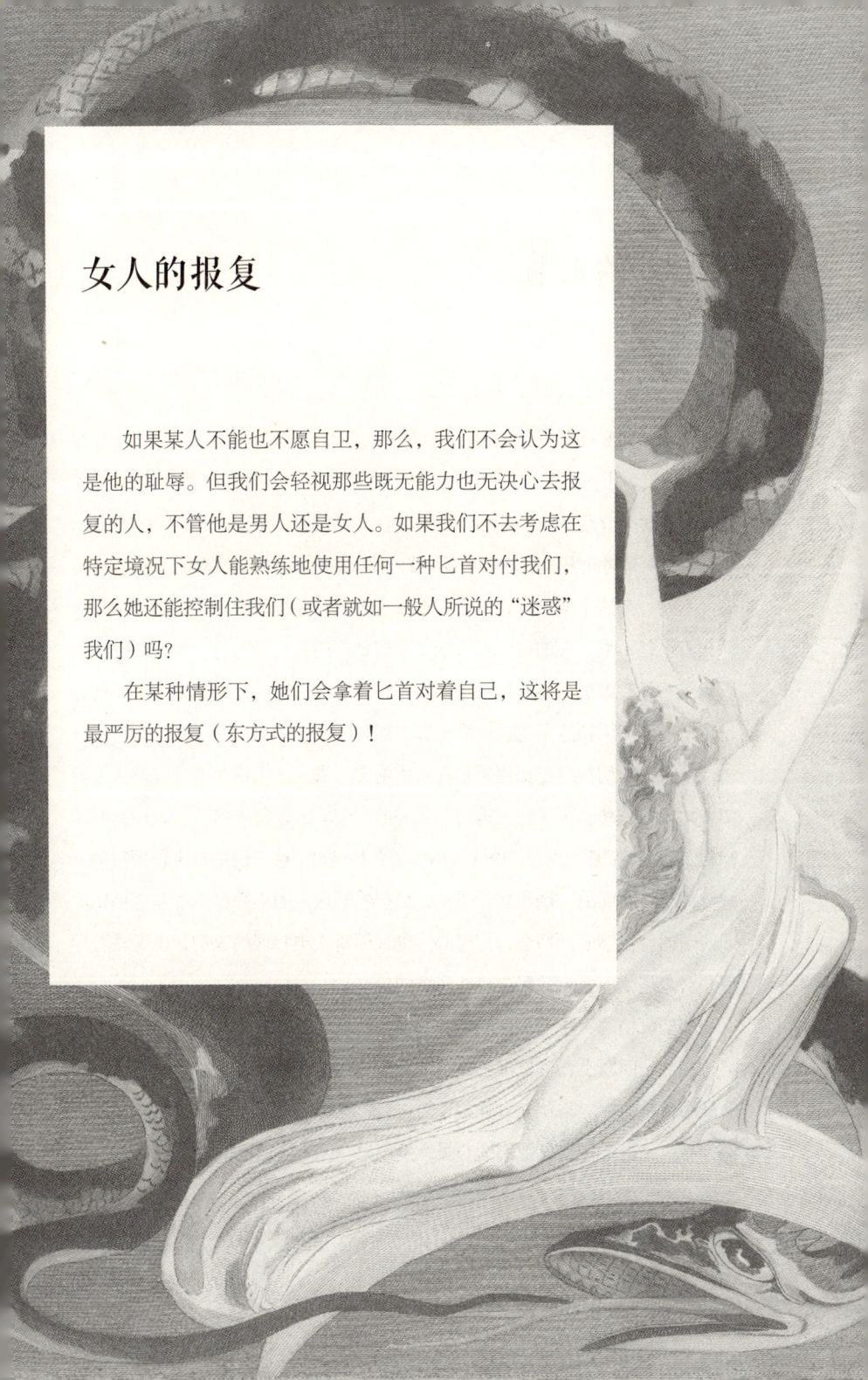

女人的报复

  如果某人不能也不愿自卫，那么，我们不会认为这是他的耻辱。但我们会轻视那些既无能力也无决心去报复的人，不管他是男人还是女人。如果我们不去考虑在特定境况下女人能熟练地使用任何一种匕首对付我们，那么她还能控制住我们（或者就如一般人所说的"迷惑"我们）吗？

  在某种情形下，她们会拿着匕首对着自己，这将是最严厉的报复（东方式的报复）！

论女性的贞节

在教养程度较高的女性身上，总有一些令人十分惊讶和不寻常的现象。事实上，也许世上再也没有其他事情更为荒谬的了。全世界都同意应当教导她们在性爱方面保持无知，并使她们在面对这一类事情时会产生一种灵魂深处的羞耻感，甚至是对此事的相关意见都保持一种极端的不耐烦与反对的态度。

真的，在这个问题上，对于女性而言，只有荣誉是有危险的，其他还有什么事情是不能原谅的呢？但人们又希望她们内心深处对这一关键问题一无所知——希望她们的眼睛、耳朵、言语和思想都对这一"罪恶"置之不理，是的，甚至知识在这里也已成为一种"罪恶"。

接着，她们与自己深深爱慕与敬重的丈夫进入了婚姻生活，被抛入了现实和知识的范畴，不啻晴天霹雳。在爱欲与羞耻的矛盾中挣扎，她们同时体验到了欣喜、屈服、责任、怜悯与恐怖等各种情感，这一切都是未曾预料的，就像神与兽之间的一场激战。恐怕，那些能够通灵的巫师也不能与之相比。即便是拥有足够的同情心与好奇心，也最懂得人类心理的人们，也无法看穿这些女人是如何适应并解决这些难题的！

那些可怕的、影响深远的猜疑一定使她们的灵魂愈发可怜而毫无着落了吧！在这一问题上，这些疑心重重的女人该怎样才能变得安心，并找到自己的最高哲学的呢？与从前一样，矛盾过后，世界一片沉默。这种沉默如此之深，有时，会直接击打她们的心灵，她们只有闭上了自己的双眼。

　　年轻女人总是尽最大的努力使自己显得肤浅和轻率，还有些优雅的女人则假装出一副粗鲁无礼的模样。她们很容易使丈夫成为困惑，然后再将孩子视为一种辩词或赎罪——她们需要孩子，这是一种和丈夫希望有孩子完全不同的心理。

　　总之，对女人，世人还是不够敦厚！

女人之败

　　那些在爱人面前表现得心浮气躁、毫无自信和言语唠叨的可怜女人都是失败的。因为男人大多容易被一种神秘、冷静的温柔面容所诱惑。

"把男人教养得更好点儿！"

　　有人领着一个年轻人来到智者面前，说道："看，这个人在女人手里变得堕落了！"

　　智者摇了摇头，微笑着。"明明是男人带坏了女人，"他高声说道，"而且女人的弱点都应该由男人来弥补与改善，因为男人是按照自己的形象造出了女人的模型，而女人就按照这个模型去塑造了自己。"

　　"你对女人太温柔了，"一个旁观者说，"你并不了解她们！"

　　智者回答道："男人的特性是渴望，而女人的特性是自愿——这就是性别法则。对女人而言，这无疑是个冷酷的法则。人类对自己的存在一无所知，而女人对自身的存在则是双倍的无知。谁又能给予她们足够的慰藉与怜悯？"

　　"别提慰藉了！别提怜悯了！"人群中另一个人喊道，"我们必须将女人教养得更好一点！"

　　"女人必须把男人教养得更好一点儿！"智者一边说，一边招手示意那个年轻人跟随他而去。——但是那个年轻人并没有听从他的召唤。

一种征服男人的女人

　　有一种深沉有力的女低音，就像我们有时在剧院里听到的一样，会在我们一般认为不可能的情况下为我们拉开帷幕。此时，我们立即就会相信：在世界的某个角落，一定存在着一种拥有高尚的、勇敢的与庄严的灵魂的女性；她们有能力也做好了准备去反对浮夸，她们果敢坚定，富有自我牺牲的精神；她们超越且主宰着男性，因为除去性别不论的话，即使是世上最好的男性，也只不过是某种理想的化身而已。

　　可以肯定的是，剧院并非有意要用这种声音来给我们塑造这种女性的形象，她们通常成为男性的理想爱人，比如罗密欧。但以我的经验来看，人们并不信任这些恋人，因为这种声音总是带有一种母亲或妻子的色调，尤其是当她们的音调中蕴含着爱意时。

"但是，为什么你还要写作呢？"

何谓生？

生——即意味着：持续不断地剥落那些趋向死亡的东西。

生——即意味着：对我们身上逐渐衰老的一切都残酷无情。不仅对我们自己，对别人的也是如此。

生——也许更加意味着：对垂死之人、可怜之人和年老之人皆不留情面？

那我们不就成为谋杀犯了么？

而老摩西[1]说："你不应杀戮！"

1　摩西，公元前十三世纪的犹太人先知，旧约圣经前五本书的执笔者。

圣徒的残酷

　　某人抱着一个新生儿来到圣徒面前。"我该如何处置这个婴儿？"他问道，"他是个可怜的畸形儿，却又不足以致死。""弄死他！"圣徒用一种可怕的声音喊道，"弄死他，然后在你怀里抱上三天三夜，留下刻骨铭心的印象，这样你就再也不会在不该生孩子的时候却产下一个婴儿。"这个人听了这些话之后，失望地走了。人们开始责备圣徒，因为他提了一个如此残酷的要杀害婴儿的建议。

　　"可是让他活下去岂非更为残酷？"圣徒答道。

伟大源于仰视

　　这座山峰使整个地区从任何一个角度看起来都变得迷人而富有意味。当我们对自己如此诉说了几百遍之后，便对它大加褒扬，无需任何理性思考，仿佛它就是快乐的源泉，是整个地区中最令人快乐的事物。所以，我们奋力去攀登山峰，而失望也随之而来。整座山峰以及环绕四周的风景仿佛在一瞬之间就失去了魔力。

　　我们早已忘却了伟大——如同忘却了善良一样——其实，它们都需要隔开一定距离去远眺，并且我们只能仰视，而非俯视，才能产生效果。也许，你知道你必须隔开一定距离去观察你的邻人，只有这样，你才能发现他们也可堪忍受，甚至充满魅力、生机勃勃。

　　自我认知就是一种需要从反面加以劝告的事情。

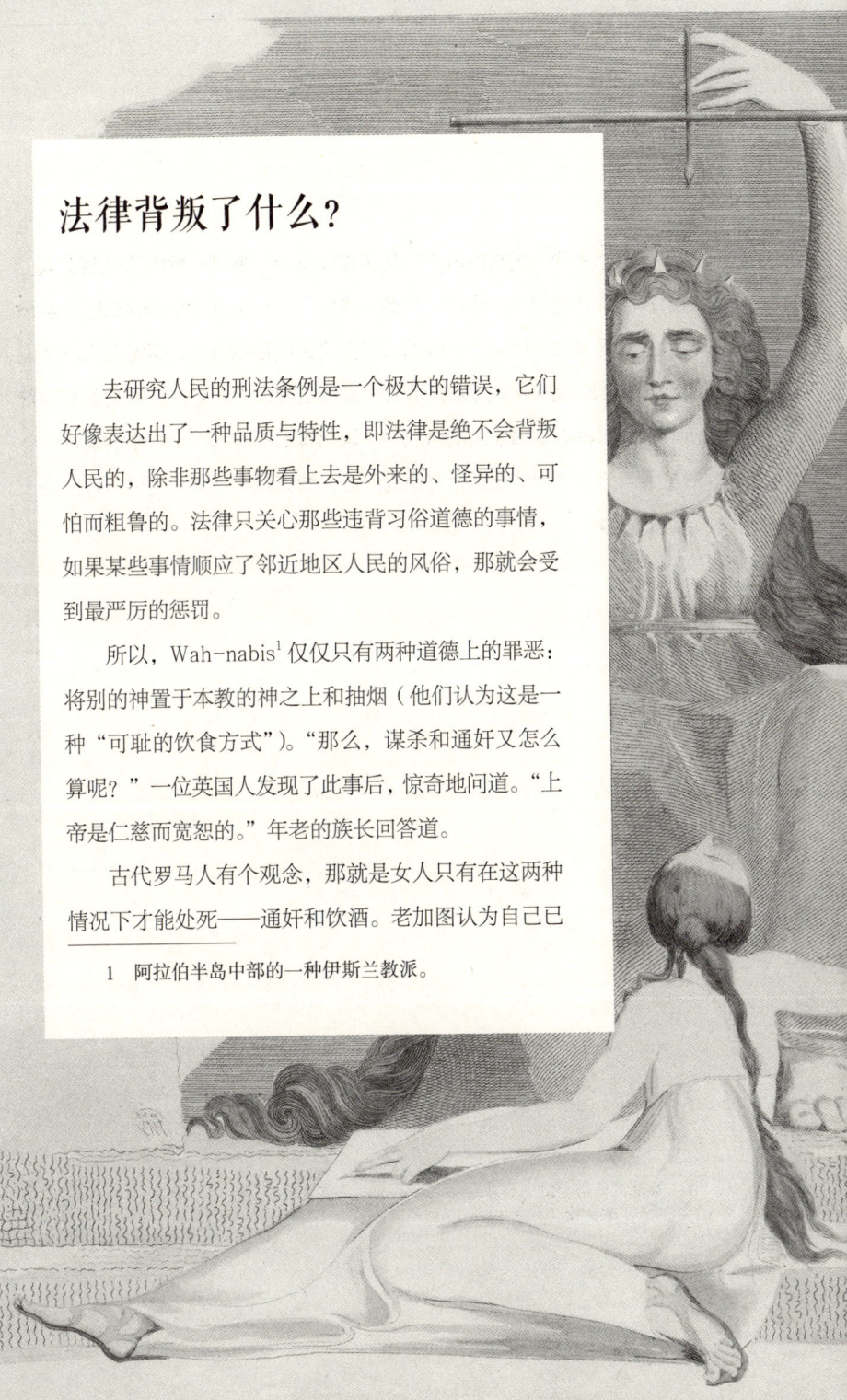

法律背叛了什么？

去研究人民的刑法条例是一个极大的错误，它们好像表达出了一种品质与特性，即法律是绝不会背叛人民的，除非那些事物看上去是外来的、怪异的、可怕而粗鲁的。法律只关心那些违背习俗道德的事情，如果某些事情顺应了邻近地区人民的风俗，那就会受到最严厉的惩罚。

所以，Wah-nabis[1] 仅仅只有两种道德上的罪恶：将别的神置于本教的神之上和抽烟（他们认为这是一种"可耻的饮食方式"）。"那么，谋杀和通奸又怎么算呢？"一位英国人发现了此事后，惊奇地问道。"上帝是仁慈而宽恕的。"年老的族长回答道。

古代罗马人有个观念，那就是女人只有在这两种情况下才能处死——通奸和饮酒。老加图认为自己已

1　阿拉伯半岛中部的一种伊斯兰教派。

经养成了和亲密的人亲吻的习惯，其实仅仅是为了通过这种方法控制女人。接吻就意味着："她的身上闻起来有酒味吗？"[1] 若妇女饮酒而被抓获，就会被处以极刑。这当然不仅是因为她们有时会受到酒精的蛊惑，而完全忘记了说"不"；而且也是因为罗马人害怕酒神祭礼上的狂欢，它使南欧的妇女们备受折磨，当时酒在欧洲才刚刚出现——他们害怕酒作为一个外来的怪物，会推翻罗马人的基本情感原则；对他们而言，酒更像一个罗马的引诱者，是一种异质的化身。

1　参见普鲁塔克的著作 *quaestiones romanae*。普鲁塔克，是一位用希腊文写作的罗马传记文学家、散文家（公元 46—120）。

是什么使得一个人高贵？

是什么使得一个人高贵？当然不是由于他的牺牲，即使是那种犹如燃烧一般的狂热的牺牲；也不是由于他能听从激情的召唤，因为世间的激情本就是可鄙的；更不是由于他无私地为别人做事，因为高贵者或许比任何人都更固守自私。

确切地说，那种战胜高贵者的激情十分奇特，以至于他自己都没有意识到这一点。这里运用的标准举世罕见，却又卓尔不凡，几乎可称得上疯狂；唯有他才能在其中感受到热量而别人只感到寒冷；这里的价值无可估量，因为能够衡量的天平尚未被发明；这是一件要放置在祭坛上献给未知的上帝的祭品；这是一种不求任何荣耀的英勇；这是一种过度充溢、需要不断传承下去的自负。所以，正是由于这种稀有的激情以及他自身对这种稀有性的无意识，才成就了他的高贵。

然而，如果我们以这种标准，重新去看待一切身边的、普通的、必要的事情，简言之，就是那些最能保存人类种族、符合人性规则的事情，那么就能看到它们曾受到不公正的评判，甚至在整体上还曾遭到诋毁。

成为规则的倡导者——那也许是最高的形式与精华所在，而高贵的特质终将显露于其中。

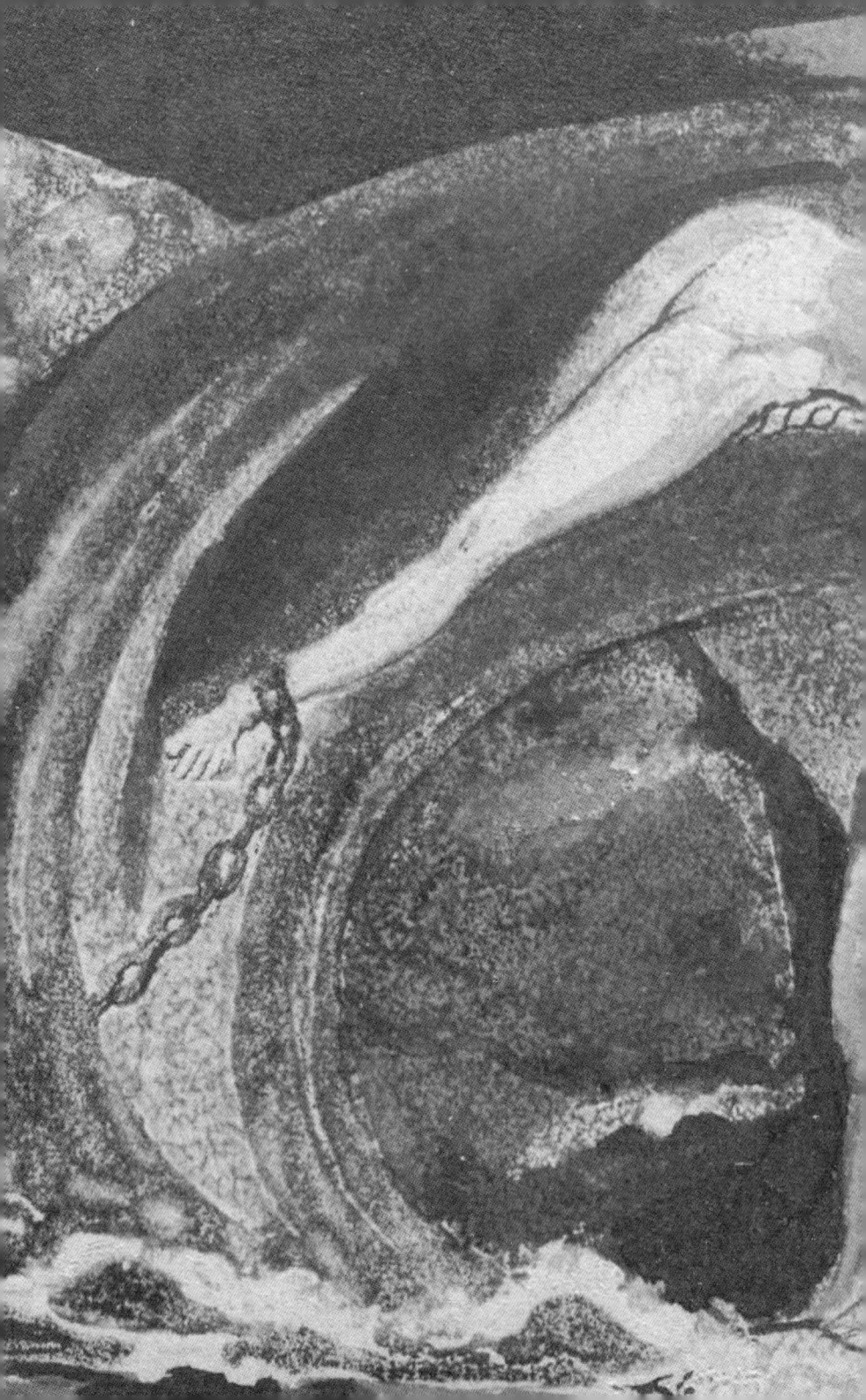

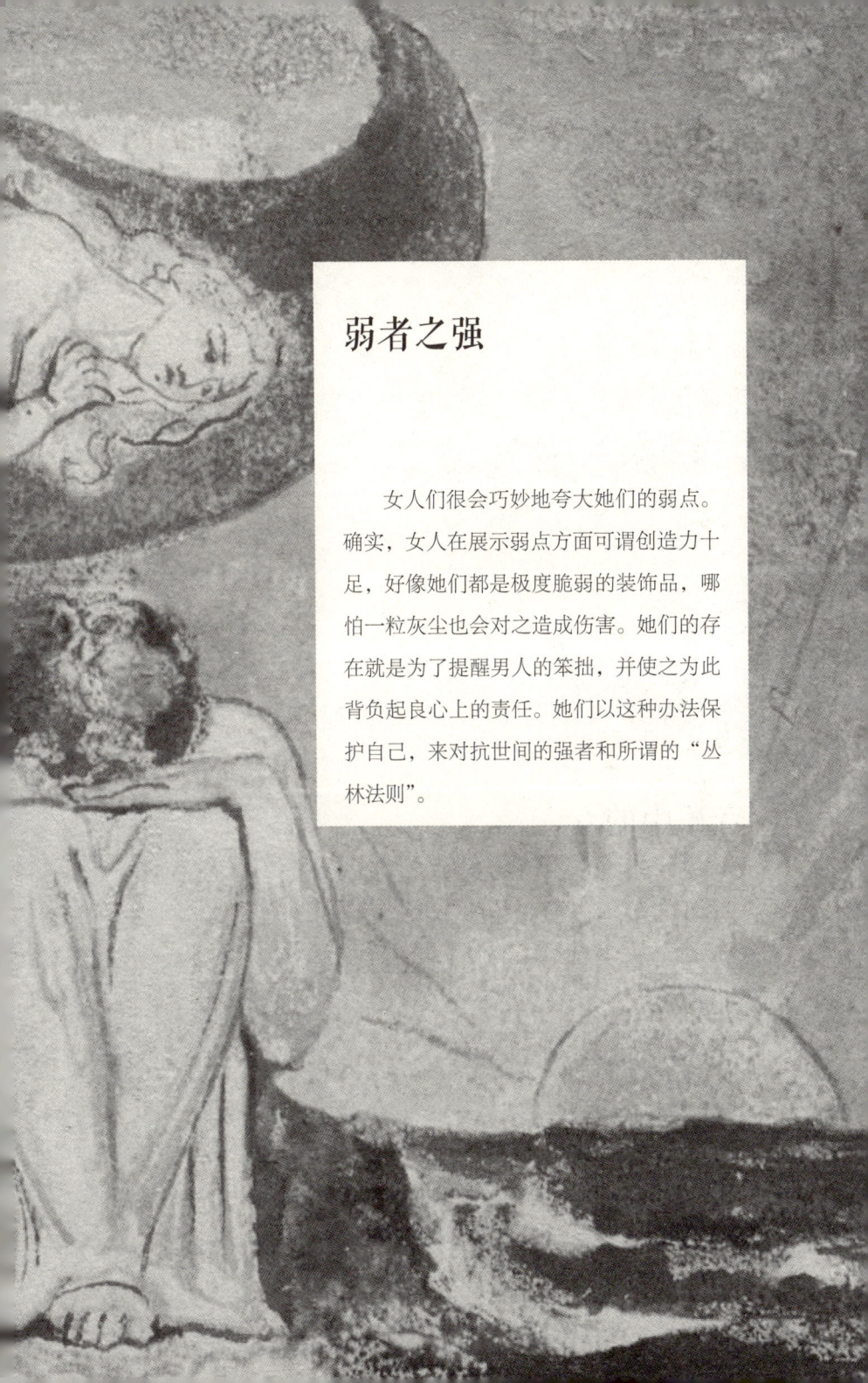

弱者之强

　　女人们很会巧妙地夸大她们的弱点。确实，女人在展示弱点方面可谓创造力十足，好像她们都是极度脆弱的装饰品，哪怕一粒灰尘也会对之造成伤害。她们的存在就是为了提醒男人的笨拙，并使之为此背负起良心上的责任。她们以这种办法保护自己，来对抗世间的强者和所谓的"丛林法则"。

音乐中的女人

　　温暖而湿润的风,为何给人们带来了音乐般优美的氛围,也创造出了旋律感十足的愉悦?它难道不是和充溢教堂以及带给女人爱情的风一样么?

宽宏大量及其相关的事情

有些看似矛盾的现象——诸如一个感情充沛的人突然变得冷漠，一个忧郁的人突然变得幽默，尤其是一个人突然变得宽宏大量，比如宣布放弃报复或对他人的嫉妒表示满意，——一般都出现在拥有强大内心力量或者容易满足和厌烦的人身上。

他们的满足是如此的迅速和强烈，以致疲倦、厌烦甚至是反面的尝试都随之而来。所以，被束缚的感情就这样被消解了——在第一个人身上表现出来的是突然的冷漠，在第二个人身上表现出来的是笑声，在第三个人身上表现出来的则是泪水和自我的牺牲。

这些宽宏大量的人们，和那些拥有最强大的复仇意愿的人一样，总是给我留下最深刻的印象。他们总能看见不远处的"满意"，并在想象之中将这杯"满意"之酒一口气彻底喝光，尽管伴随这种过度饮酒的则是那种迅速而惊人的恶心。此刻，他仿佛超越了自我，原谅了他的敌人，甚至还很尊敬对方，并为之祝福。

带着这种对自我意志的违背，以及对之前报复冲动的嘲笑，现在的他们完全被新的冲动所驱使，而且这种意愿是如此的强烈。如同片刻之前自己想象的一样，他们立刻迫不及待地去实施这一行动了，好像刹那间就会耗尽所有报复的喜悦似的。

宽宏大量其实与报复一样，都是某种程度的利己主义，只不过性质不同而已。

厌倦是灵魂深处的一潭死水

　　说到为了赚钱而去工作，在文明国度中，几乎所有人都是相似的。对他们而言，工作只是一个手段而非目的本身，因此他们对于工作不太做出选择，只要能够提供丰厚的酬劳就行。

　　现在仅有极少数的人，宁愿自我毁灭也不去做没有乐趣的工作。他们性格挑剔，很难轻易满足，即使是丰厚的酬劳也无济于事，除非工作本身就是极大的酬劳。艺术家和各种爱沉思的人都属于这种人。他们是悠闲之人，总是将生命花费在打猎、旅行、探险或一切与爱相关的事物上面。他们寻求一切包含乐趣的工作与麻烦事，如果需要的话，甚至乐意去做那些最沉重和最艰难的工作。同时，他们也是果断的懒散者，即使这意味着贫困、失去名誉，甚至会造成生命危险。

　　他们并不害怕那种厌倦，事实上，只要工作能获得成功的话，他们宁可有更多的厌倦。对思想者和一切有创作力的灵魂而言，厌倦是灵魂深处的一种不愉快的"平静"，它是一段欢乐旅程的前奏，也是一阵欢愉的清风。他必须忍受，耐心等待好的结果——确切而言，这就是其他类型的人完全不能做到的地方。不惜一切代价去努力远离厌倦，这是庸俗的，如同没有乐趣的工作也是庸俗的一样。

　　也许，亚洲人比欧洲人更令人尊敬，因为他们能拥有更持久深入的平静。欧洲人的烈酒总是刺激强烈，令人不爽，与此相比，亚洲人连麻醉剂的奏效都要缓慢得多，以致需要人们更多的耐心。

关于痛苦的知识

　　也许没有其他什么东西能区分出各种不同的人类和不同的时代了吧，除了他们对痛苦的知识的不同理解——不管是灵魂的痛苦还是肉体的痛苦，都是如此。

　　关于肉体的痛苦，尽管我们虚弱不堪，但与历史上那些充满恐惧的漫长时代相比，我们这些现代人由于缺乏丰富的第一手经验，只不过是个经验欠缺者和梦想家而已。在那些年代，每个人都必须保护自己、反抗暴力，所以到最后他们都成了暴虐之人。在那些年代，一个人在接受了充足的肉体上的折磨与贫乏的训练之后，会懂得任何残忍的处境都可以作为一种针对痛苦的自觉锻炼，都是保存自我的一种必要手段。在那些年代，人们训练周围的一切以忍受痛苦。在那些年代，人们乐于去承受痛苦，当他看到一些最恐怖的事情发生在别人身上时，除了考虑到自我的安全之外，他没有任何其他的想法。

　　关于灵魂的痛苦，我观察了现在的每一个人，看他是否能通过自己的体验与他人的描述而对之有所了解；他是否仍然认为伪造这种灵魂痛苦的知识是必须的，它只不过是培育高雅的一种标志；他是否在内心深处已不再相信这些心灵上的伟大悲伤，当提及此事时，他的反应就和提起了肉体上的痛苦一样，他甚至想起了自己的牙痛和胃痛，但这确实是大多数人留给我的印象。

　　由于人们对这两种痛苦普遍缺乏经验，而且相对地，很少有人亲眼目睹受苦者的惨状，我们可以据此得出一个重要结论：与从前的人相比，现在的人们更加憎恨痛苦，他们对痛苦的诋毁也要严重得多。确实，现在的人们几乎连痛苦的想象都无法忍受，而认为它属于意识理解方面的事情，是对整个存在的一种谴责。

悲观哲学的出现绝不是伟大或可怕的痛苦存在的标志。确切地说，人们是在这样的背景下提出了关于生活价值的疑问——人们的灵魂和身体已经习于高尚和安逸，他们甚至将寻常的蚊虫叮咬都认为是一种残忍和恶毒；由于缺乏对痛苦的真实体验，所以他们提出了"痛苦的普遍理念"，好像正在遭受最大的痛苦似的。有一个秘诀来对抗悲观哲学和过度的敏感，对我而言，一切好像都是真实的"当下的痛苦"。——这个秘诀听上去太过于残酷，但它算是引导人们得出"存在即是罪恶"这一判断的标志。

好吧，对抗痛苦的秘诀就是——痛苦本身。

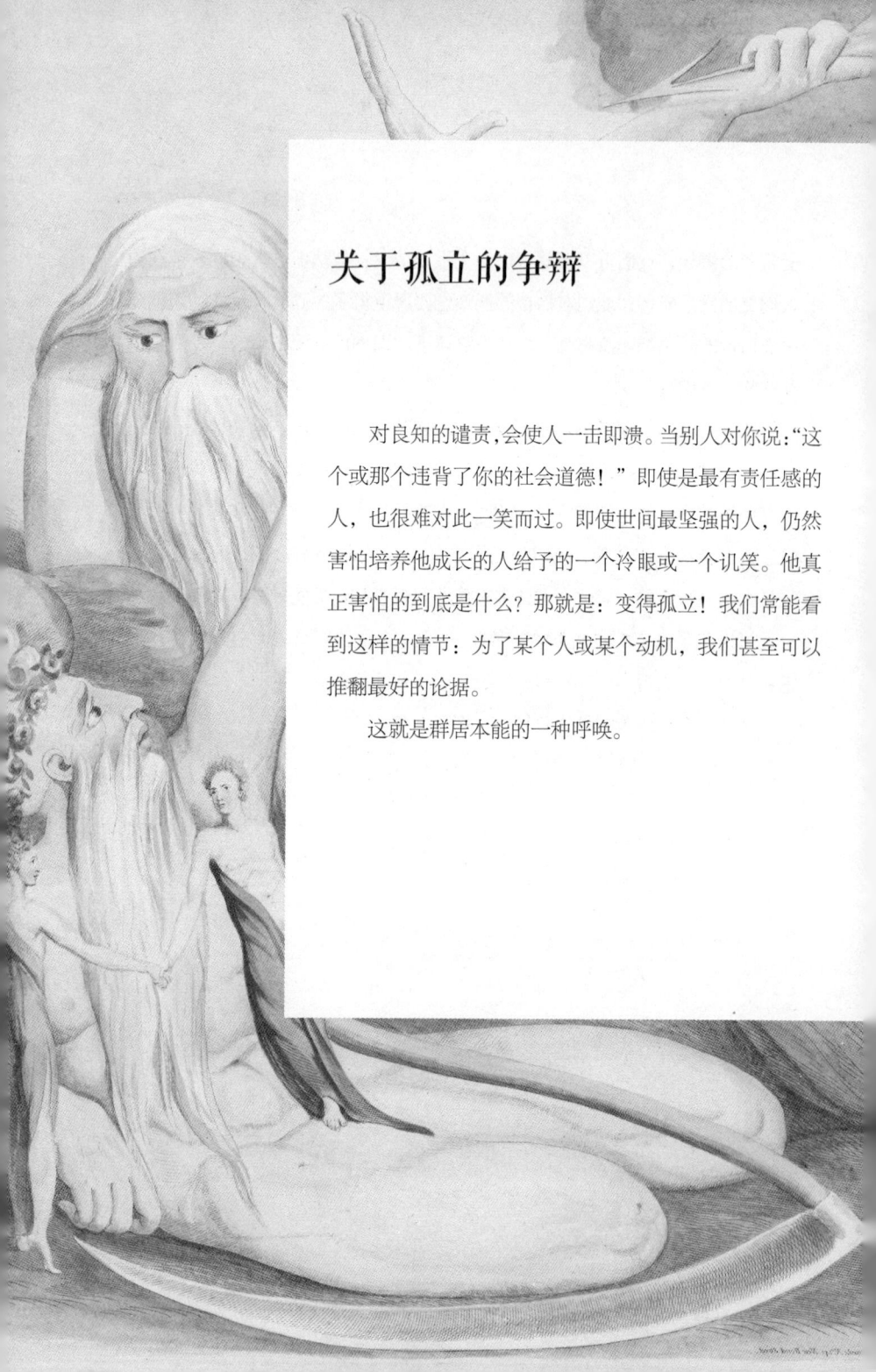

关于孤立的争辩

　　对良知的谴责，会使人一击即溃。当别人对你说："这个或那个违背了你的社会道德！"即使是最有责任感的人，也很难对此一笑而过。即使世间最坚强的人，仍然害怕培养他成长的人给予的一个冷眼或一个讥笑。他真正害怕的到底是什么？那就是：变得孤立！我们常能看到这样的情节：为了某个人或某个动机，我们甚至可以推翻最好的论据。

　　这就是群居本能的一种呼唤。

具有雄性气质的"母亲"

动物对雌性的看法与人不同，在它们眼里，雌性是一种专司生产的同类。它们没有父爱，但对所爱的幼儿有一种类似于父爱的情感和习惯。雌性动物可在幼儿身上满足自己的占有欲，对它们而言，幼儿完全可以理解为一项财产、一个占有物以及一个可以与之喋喋不休的对象。——人们常常将艺术家对自己作品的情感与之相比。

怀孕使女性变得更加温柔、顺从和有耐心，精神领域的"孕育"同样也会产生一种沉思的性格，与女性受孕后的性格异曲同工。艺术家就是那具有雄性气质的"母亲"。

而在动物之中，雄性被视为更健美的一种类别。

关于真理的理解

　　我赞成一切可以答复的怀疑，"来，让我们试着检验下！"我不愿听到那些不能被实践检验的事情。

　　这就是我对真理的理解下限。勇气在此失去了它的权力。

我们应该感激艺术什么？

　　唯有艺术家，尤其是那些戏剧家们，才给予了人们双眼和双耳，去观察和倾听内心的体验与梦想所带来的乐趣；也唯有他们，才教会我们如何去正确评判那些隐藏在芸芸众生中的英雄，并教会我们如何向他们致敬；他们教会我们从远处观察那个置身于生活舞台上的自我，使一切都变得纯粹而高尚，我们也因此得以超越那些繁杂的琐事。

　　若是没有这种艺术，我们可能除了眼前的大地，什么也看不见；而且我们都生活在这种视角之下——它使最近处和最普通的东西看起来似乎无限巨大，而且这一切就是现实的全部。也许宗教也有某种类似的优点，它让我们用放大镜去观察每个个体身上的罪恶，并使罪人成为"伟大而不朽"的罪犯。

　　而艺术通过描述人类四周不断变化着的视角，教会了人们从远处去观察自己，并且告诉我们有些往事已经随风而逝，而有些则必须终身铭记。

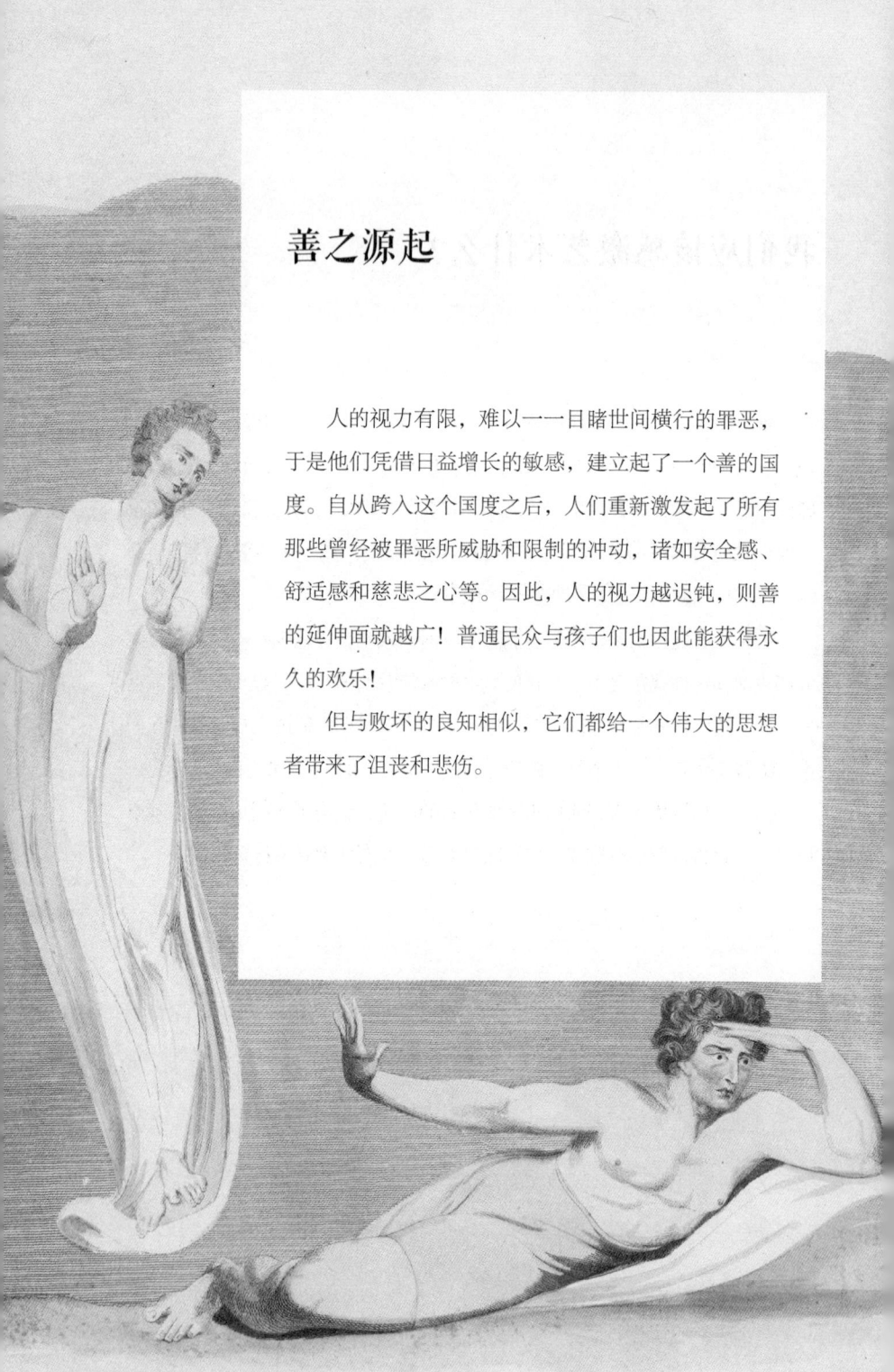

善之源起

　　人的视力有限，难以一一目睹世间横行的罪恶，于是他们凭借日益增长的敏感，建立起了一个善的国度。自从跨入这个国度之后，人们重新激发起了所有那些曾经被罪恶所威胁和限制的冲动，诸如安全感、舒适感和慈悲之心等。因此，人的视力越迟钝，则善的延伸面就越广！普通民众与孩子们也因此能获得永久的欢乐！

　　但与败坏的良知相似，它们都给一个伟大的思想者带来了沮丧和悲伤。

善与美

艺术家们总是在不断地赞美——他们也没做其他的事情——尤其是那些被他们赞美的所有事物，都使人类感觉到自己的美好与伟大、友善与聪明、兴奋与愉快。

那些经过挑选的确实可以用来评估人类幸福的事物，都是艺术家的观察对象。他们总是坐等着发现这些事物，并将之拉进艺术的王国。

我想说的是，他们本身并不是幸福与幸福之人的评判者，但他们总是拥挤在评判者的身边，在最强大的好奇心和冲动的驱使下，去立即运用这种价值判断。他们喜欢这样做，因为除了急躁与渴望之外，他们还拥有传令官的强大的肺和赛跑者的敏捷的脚。他们总是最先称赞那些新的美好事物，而且经常也是最先称其为善和评判其具有善的价值的人。

然而，正如我已说过的，这只是一个错误。他们只是比真正的评判者脚步更快一点、声音更高一点而已。

但谁又是真正的评判者呢？——那就是富人和闲人们。

艺术家的自负

　　我想，艺术家们往往不知道什么是他们能够做得最好的，因为他们太过自负，而将心思放在比那些小花小草秀丽得多的事物上，它们看上去新鲜、珍奇、美丽而且在精神上有可能成为完美的东西。他们并不喜欢自己花园和葡萄园内的一切，他们的挚爱与洞察力并不能够完全同步。

　　这里有一位音乐家，与其他任何人相比，他更擅长从遭受苦难与折磨的忧郁的心灵王国发现特殊的音调，甚至能对沉默的动物发表演讲。没有谁能模仿出他那音乐声中的晚秋的色彩，以及那种无法形容的迟暮而短暂的幸福。他懂得午夜时分在心灵深处响起的神秘而奇异的音调，这种音调的动机与结果似乎都误入歧途，有些东西似乎随时都能从那一片虚无之中喷薄而出。他比任何人都要快乐地从人类幸福的根源处汲取力量，就好像喝干了酒杯中的酒一般，不管怎样，那些最苦涩和恶心的酒滴都已混合成最甜蜜的美酒。他懂得当灵魂不再能够跳跃、飞翔，甚至步行时，又是如何疲倦地拖曳着自己前行。他对那些隐秘的痛苦、没有慰藉的谅解和未经声明的告别都投去羞涩的一瞥。

是的，如同承载了所有隐秘痛苦的俄耳甫斯[1]一样，他比任何人都要伟大，他甚至将许多看上去难以形容，甚至毫无艺术价值，只会使人望而却步的东西，都融合进了自己的艺术之中。它们是心灵上最细小入微的特征，是的，他擅长去描摹这些微小的事物。

但是，他并不希望如此！他的性格比宏伟的城墙和陡峭的壁画还要坚强得多。他忽视了自己的灵魂也有不同的体验和爱好，它最爱静静地坐在坍塌的屋角——然后，隐藏于自己的肉身之中。他涂绘着自己最真实的杰作，所有的线条都很短小，甚至经常只有一根门闩那样长——只有此时，他才变得非常的善良、伟大和完美；也许，只有此时而已。

但他并不懂得这些！他太过自负了，以至于无法理解这一切。

1　俄耳甫斯，希腊神话中的著名诗人和歌手。他具有非凡的艺术才能。曾凭借音乐的力量，从冥府带回自己的妻子。

一个海难幸存者的欣喜

在一遍遍的审查之后，科学才会发现那些早已存在着的事物，并在此基础上，又源源不断地发现了更多的新事物。这一切都得益于运气——它对于我们的意义，可谓重大而深远。毕竟，一切完全可能成为另外一种情形。

的确，我们是如此的深信不疑，包括一切不确定之事、荒诞不经的判断和永恒变化着的人类的法律与观念。但更令我们惊讶的是，人类据此得出的科学结果居然如此之好！

此前，人们对于世间事物的可变性可谓是一无所知。捆绑于道德之上的社会习俗则一直坚信：人类的整个内在生命必须被永恒的铁镣所固定。现在的人们也许会对这种看法表示惊奇吧！它就与我们听到小说和童话时的感觉雷同。这种不可思议感会对那些偶尔厌倦了规则与永恒的事物的人们大有帮助。

离开坚实的大地一次吧！去飞翔吧！去犯错吧！去疯狂吧！——这已是远古的欢乐与放纵。而我们现在的欢愉，则类似于一个船只失事的幸存者好不容易爬上了岸，当他双脚站立在坚实的大地上时所感受到的欣喜——一切终于不再上下颠簸了！

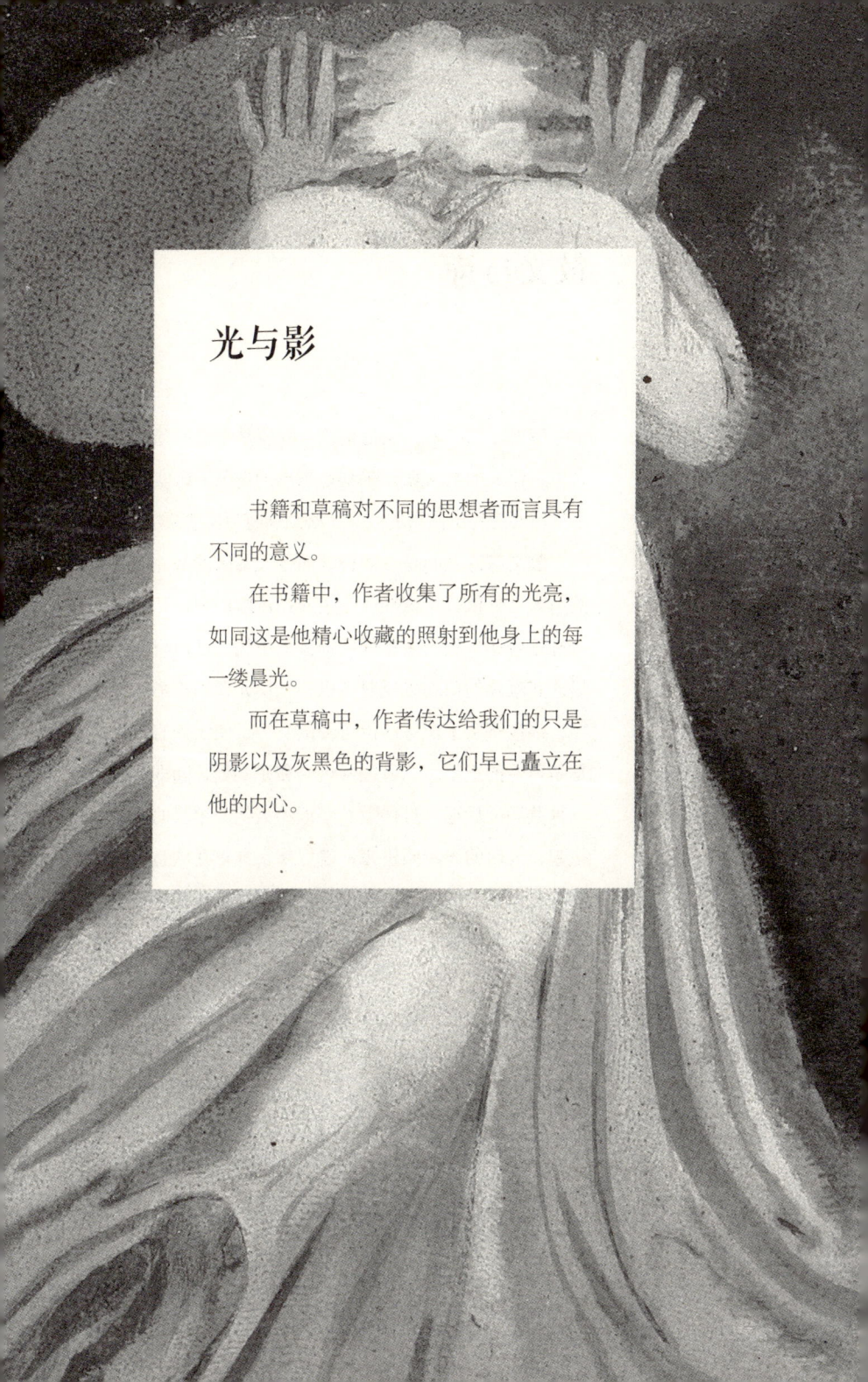

光与影

　　书籍和草稿对不同的思想者而言具有不同的意义。

　　在书籍中，作者收集了所有的光亮，如同这是他精心收藏的照射到他身上的每一缕晨光。

　　而在草稿中，作者传达给我们的只是阴影以及灰黑色的背影，它们早已矗立在他的内心。

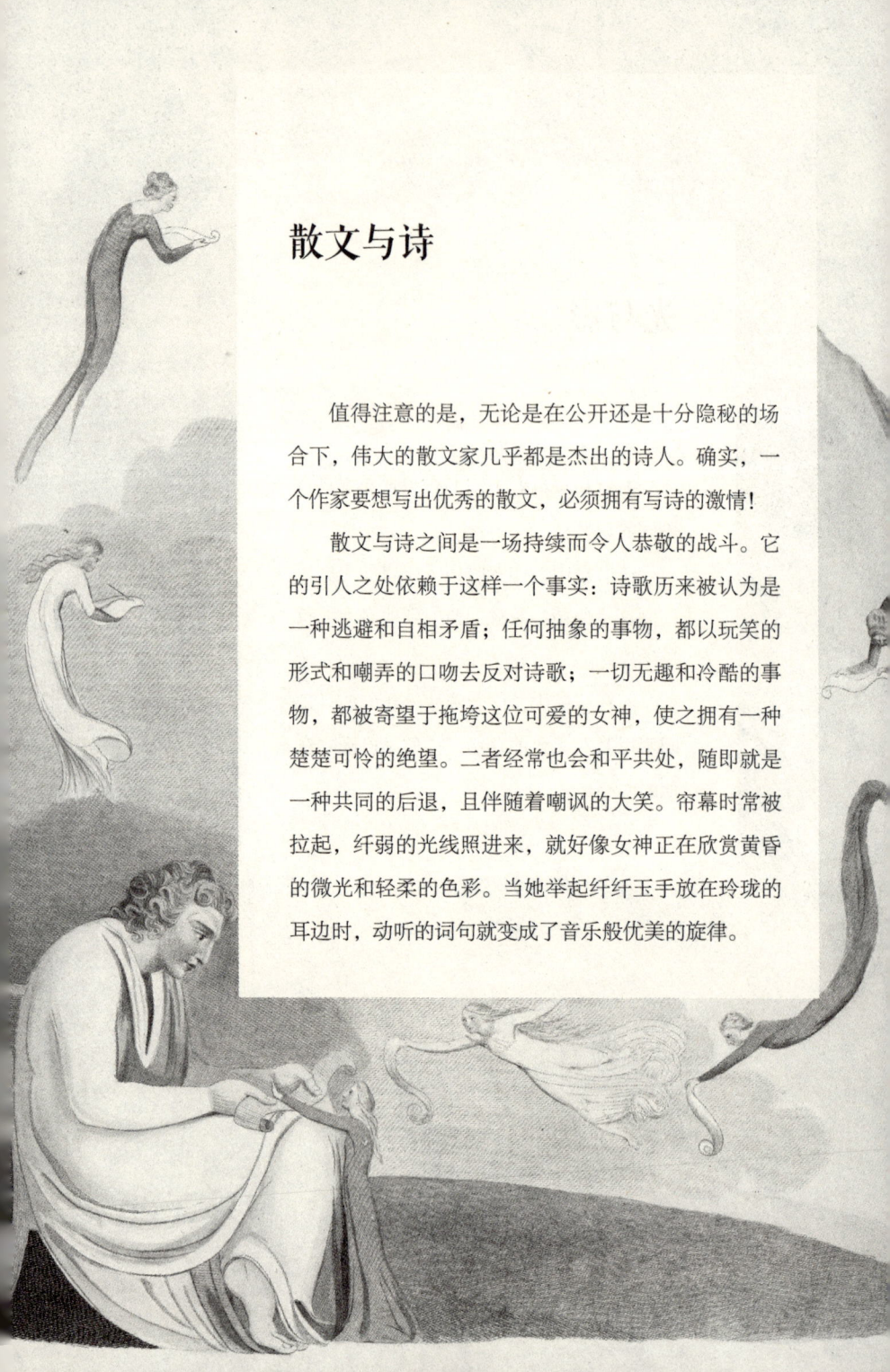

散文与诗

值得注意的是，无论是在公开还是十分隐秘的场合下，伟大的散文家几乎都是杰出的诗人。确实，一个作家要想写出优秀的散文，必须拥有写诗的激情！

散文与诗之间是一场持续而令人恭敬的战斗。它的引人之处依赖于这样一个事实：诗歌历来被认为是一种逃避和自相矛盾；任何抽象的事物，都以玩笑的形式和嘲弄的口吻去反对诗歌；一切无趣和冷酷的事物，都被寄望于拖垮这位可爱的女神，使之拥有一种楚楚可怜的绝望。二者经常也会和平共处，随即就是一种共同的后退，且伴随着嘲讽的大笑。帘幕时常被拉起，纤弱的光线照进来，就好像女神正在欣赏黄昏的微光和轻柔的色彩。当她举起纤纤玉手放在玲珑的耳边时，动听的词句就变成了音乐般优美的旋律。

　　所以在这场战斗中，欢乐不计其数，即使失败之中也包含着快乐。而非诗人和所谓的"散文家"根本就都不懂得这一切。这就是为什么他们只能写出糟糕的散文的原因。

　　"战斗是世间一切好事之父。"[1] 战斗也是一切好散文之父！本世纪有四位真正有诗人气质的杰出作家，他们的散文已达到炉火纯青的地步。就像我所说的，如果他们缺乏诗情的话，这些散文根本就不可能被创作出来！这不包括歌德，他几乎可说是应时代的需要而产生的。我认为这四位分别是奥帕底、梅里美、爱默生和写作《想象的对话》一书的作者蓝道[2]，他们才是当之无愧的散文家。

　　1　这是苏格拉底以前的哲学家赫拉克利特的著名格言的变体。赫拉克利特，希腊哲学家，生活于公元前六世纪。

　　2　奥帕底，意大利抒情诗人（1798—1837）；梅里美，法国现实主义作家（1803—1870）；爱默生，美国思想家、文学家（1803—1882）；蓝道，英国散文作家（1775—1864）。

给鼹鼠插上翅膀和骄傲的幻想

　　如果这个夜晚能来点音乐和艺术的话，那么我的情绪将会变得兴奋而高昂。我很清楚哪种音乐和艺术是我不想听到和看到的，它们就是那种力图使人欣喜若狂、极度兴奋的艺术。在黄昏时分眺望远方的平凡的人们，并不像站在凯旋战车上的胜利者，而是像生命中充满鞭笞的疲倦的骡子。如果没有令人兴奋的事物和理想的鞭策，这些人对所谓的"高昂的情绪"又有多少了解！所以他们把鼓舞者看作是美酒。但是，对我而言，他们的这种畅饮和醉酒又算得了什么？创造者又怎会以此为"美酒"？相反，他对那些企图以不充分的理由达成目标的手段或方法总有一种厌恶之情，而那不充分的理由即是——模仿心灵的高潮！

　　什么？有人要给鼹鼠插上翅膀和骄傲的幻想——在他爬进洞穴入睡之前？还有人要把他送进剧院，并将一副大大的眼镜戴在他盲目而疲惫的双眼上？人们坐在舞台前，他们自己的生活并非是一场戏剧表演而只是一种生意，而舞台上的那些奇怪的创造物岂非更像一种生意？"这样做是合适的，"你说道，"它非常有趣，这就是文化！"好吧，如果是这样的话，那我真是太缺乏文化了，因为这种观点使我非常厌恶。如果某人自身经历过充分的悲喜剧的话，可能会远离戏剧；或者，也有例外，即整个过程——包括戏剧、观众和诗人——对他来说都成为一种真实的悲喜剧的场景，所以相比之下，那些舞台上演出的细节就几乎没有什么意义了。

对于那些自身性格就有点儿像浮士德与曼弗雷德[1]的人而言，戏剧中的浮士德和曼弗雷德又有何意义呢？——然而，事实却是：这些在舞台上演出的人物总会使人浮想联翩。最强烈的思想和激情，在那些没有思想和激情的人面前只不过是自我陶醉罢了！前者只不过是后者达到目的的一种方式！戏剧和音乐就像欧洲人吸的大麻和嚼的槟榔！

噢，谁会告诉我们整个麻醉药的历史？它就几乎是整个"文化"——我们所谓的较高等的文化的全部历史！

1　拜伦哲理剧《曼弗雷德》中的主人公。拜伦，英国伟大的浪漫主义诗人（1788—1824）。

"但是,为什么你还要写作呢?"

　　A:我不是那种手里拿着沾了墨水的笔才思想的人,也不是那种在打开墨水瓶、坐在椅子上、凝视着纸张之前便已控制不住自我的激情的人,我总是为写作而感到烦恼与羞愧;对我而言,写作只不过是自然的一种召唤。——我甚至讨厌采用明喻的手法来叙述。

　　B:但是,为什么你还要写作呢?

　　A:好的,先生,我可以很确实地告诉你,迄今为止,我尚未找到能驱除我的思想的其他途径。

　　B:为什么你要驱除它呢?

　　A:为什么我要驱除它?我真的想驱除它吗?我不得不如此啊!

　　B:够了!够了!

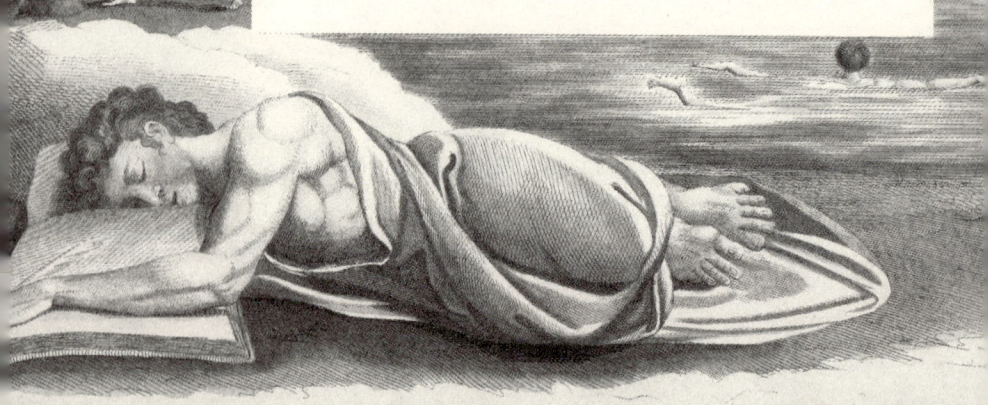

学习表达敬畏

　　人们必须学会表达敬畏，就像必须学会表达蔑视一样。那些闯入并带领大众走上新征途的人们，会惊奇地发现，大多数人在表达他们的感激时是如何的笨拙和言语贫乏。实际上，能够被表达出来的感激简直太少了！每当他们要说出心中的感激时，喉咙就像被什么东西哽住了似的，而当他们清理了喉咙之后，一切又重归沉默。

　　一个思想家开始探究自己思想的影响力以及他人对这种思想的扰乱与重组的方式，几乎可谓是个喜剧。有时，他们就好像已被深深地伤害，受此感觉的支配，他们只能以各种混乱的粗鲁行为，来表达自己受威胁的独立自主。

　　整个时代都需要发明出一种谦恭有礼的感恩方式，而只有当某种天赋与灵魂需要感恩时，这一刻才会姗姗来迟。然后，有人通常会成为这个伟大的感恩的接受者，不只是由于他所取得的那些成就，更多的还是由于他的前辈们已逐渐地积累了那些最好的、最有价值的"宝藏"。

下　编

查拉图斯特拉如是说

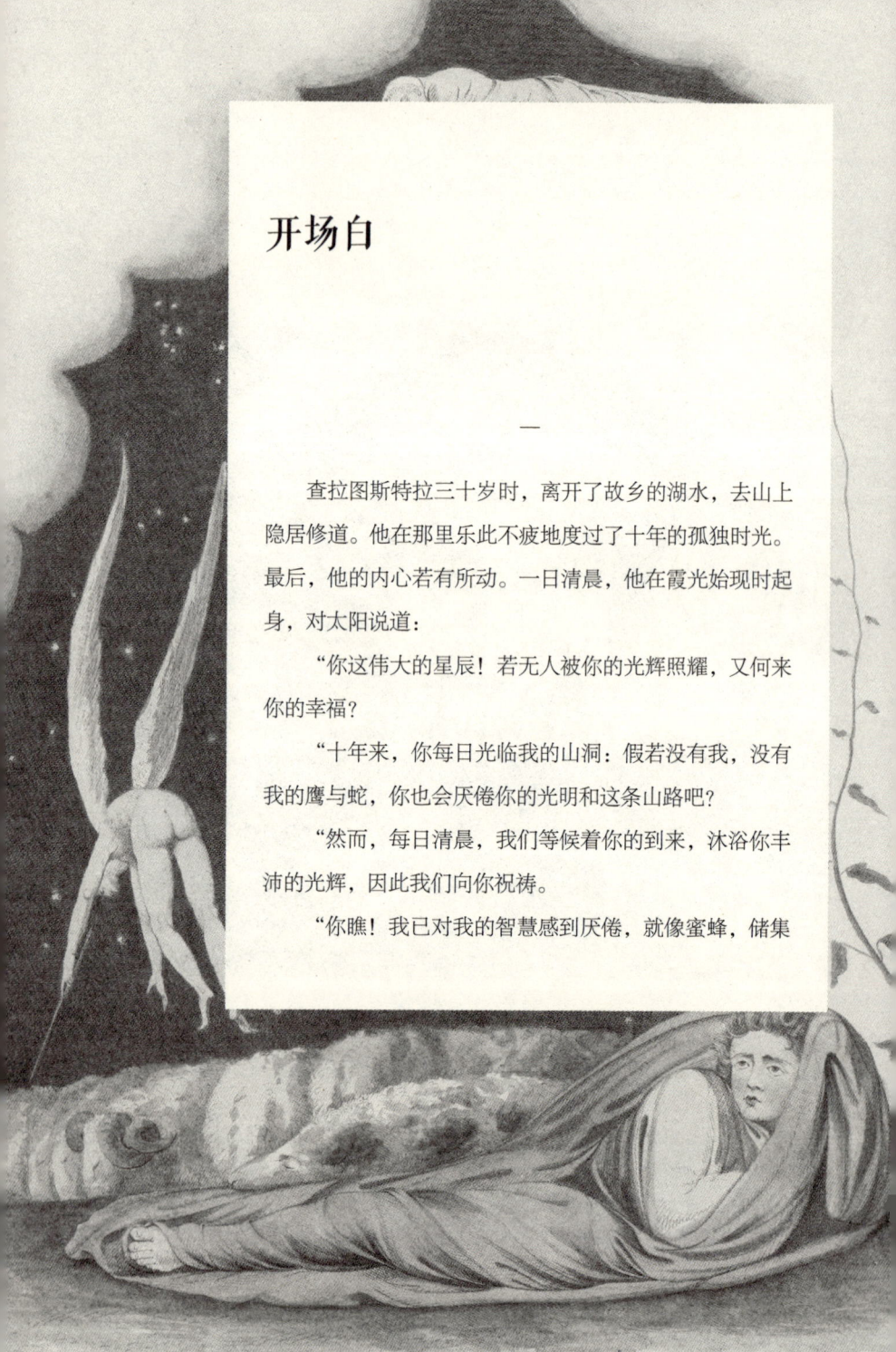

开场白

—

　　查拉图斯特拉三十岁时，离开了故乡的湖水，去山上隐居修道。他在那里乐此不疲地度过了十年的孤独时光。最后，他的内心若有所动。一日清晨，他在霞光始现时起身，对太阳说道：

　　"你这伟大的星辰！若无人被你的光辉照耀，又何来你的幸福？

　　"十年来，你每日光临我的山洞：假若没有我，没有我的鹰与蛇，你也会厌倦你的光明和这条山路吧？

　　"然而，每日清晨，我们等候着你的到来，沐浴你丰沛的光辉，因此我们向你祝祷。

　　"你瞧！我已对我的智慧感到厌倦，就像蜜蜂，储集了太多的蜜，我需要有人伸手来承接这智慧。

"我愿赠予散布我的智慧，直到智者因再次发现自己的愚昧而快乐，穷人因重新发现自己的富有而欢喜。

"因此，我应当下山，深入人间：就如同你在夜间沉入大海的背面，将光明播洒到另一面的世界一样。你这丰饶无比的星辰啊！

"我将如你一样地'下山'，就像我要去的人间所谓的'降临'。

"是以，请祝福我吧，你宁静的眼眸，望见无边的幸福也从未嫉妒！

"祝福这将满溢之杯吧！让这金色之水流淌，将你祝福的反光四处播洒吧！瞧，这杯子又将空空如也，查拉图斯特拉将再度成为凡人。"

查拉图斯特拉于是下山。

二

查拉图斯特拉独自下山，不曾遇见一人。可是当他走进森林之时，一个老者兀地出现在他面前。这老者是离开他神圣的草庐，到森林里寻觅树根的。他对查拉图斯特拉如是说：

"我与这位行人有一面之缘：多年以前，他曾经路过此处。他是查拉图斯特拉；但如今他已判若两人了。

"那时你携着过往的灰烬上山；如今你要带着火种深入山谷么？你不怕'纵火犯'所受的责罚么？

"没错，我认得查拉图斯特拉。他的双眼如此纯洁，他的唇角不露一丝鄙夷之色。他不正如一个舞者似的踊跃前行？

"查拉图斯特拉确实变了；他变成了一个孩子；查拉图斯特拉已是一个

觉醒者：你现在要到酣睡的人间去做什么呢？

"你曾生活在孤独里，像在茫茫大海里随波上下。唉，你现在想上岸了么？你又想自己背负起皮囊的重担么？"

查拉图斯特拉答道："我爱世人。"

"但是，"这圣人说，"我为何逃到这森林里、这寂寥之地来？不正是因为我曾爱世人太深么？

"如今我爱的是上帝，我已不爱世人。我觉得人是太不完美的东西。钟爱世人很可能把我毁掉。"

查拉图斯特拉答道："何必言爱，我不过是去赠送礼物给世人。"

"什么也不要给他们！"圣人说，"你倒不如从他们那里拿走什么，替他们分去负担——只要你乐于这样做，对他们来说就是天大的欢喜。

"即便你想布施，也别给他们太多，并且要让他们向你乞求。"

"不，"查拉图斯特拉答道，"我不会布施什么，我哪会如此贫窭。"

圣人对查拉图斯特拉笑道："那你就去试着让他们接受你的珍宝吧！他们不信任修行者，也不相信我们是来馈赠宝物的。

"我们走在长街上的足音，在他们听来太过孤寂。好似夜间他们躺在床上，听到有人在日出之前赶路一般，他们会自问：这窃贼要去哪里？

"不要去往人间，留在森林里！倒不如回到兽群里！你为什么不愿和我一样，做熊群中的一头熊，鸟群中的一只鸟？"

"圣人在森林里能做什么？"查拉图斯特拉问道。

圣人答道："我创作歌诗并咏唱。当我作歌时，我欢笑涕泣、我低声吟诵：我如此赞美上帝。

"我以歌唱、欢笑、涕泣和低吟，来赞美我的上帝。但是，你给我们带了什么礼物呢？"

查拉图斯特拉听了这些话，他向这圣人施礼道："我哪能给你们什么礼物？还是让我快点走吧，免得我会从你们这里拿走什么！"于是他们两位互相道别，这老人和中年男子，笑得像两个孩子。

于是查拉图斯特拉独自前行，他对自己的内心说道："这怎么可能？这森林里的老圣徒，竟还不曾听闻上帝已死！"

三

查拉图斯特拉走到紧靠森林的一个城镇。发现市场上聚集着许多人，因为有预告说，一个走钢索的艺人将要在此献技。于是查拉图斯特拉向众人如是说：

"我来教你们何谓超人。人是应当被超越的。你们为超越自身，曾做过怎样的努力？

"现如今，一切物种都已超越了自身，难道你们愿意在此大潮下逆流而动，宁愿倒退为兽，而不肯超越人么？

"猿猴之于人算是什么？一个笑柄或是一种羞辱。人之于超人也是如此：一个笑柄或是一种羞辱。

"你们走过了从虫豸到人的漫长征途，但是在许多方面你们仍然是虫豸。从前你们是类人猿，如今，人类比猿猴更像猿猴。

"你们中最聪明的，也不过是一个植物与魑魅的矛盾杂种，但我在此是要教你们变成植物或魑魅么？

"瞧，我是在教你们成为超人！

"超人是大地的意义。就让你们的意志说：超人必是大地的意义吧！

"我祈求你们，弟兄，忠实于大地吧，不要轻信那些侈言希望超脱大地之人！不论有心或无意，他们是投毒者。

"他们是生命的轻蔑者，垂死者，他们自己也中毒甚深。大地对他们也心灰意冷：让他们去吧！

"从前亵渎上帝是大不敬；如今上帝已死，上帝的亵渎者也随之逝去。如今最可怕的是亵渎大地，是把那位'不可知者'[1]之心看得比大地的意义还高！

"从前灵魂鄙弃肉体，这种鄙弃在当时被看作最高尚的行为——灵魂令肉体丑陋、瘠弱、忍受饥馑。它以为如此便可以摆脱肉体与大地。

"呵，这灵魂自己更加丑陋瘠弱而饥饿；它以残忍为淫乐！

"但是请告诉我，弟兄，你们的肉体是怎样展示灵魂的呢？你们的灵魂是那样贫弱、污浊、充斥着无知的志得意满么？

"诚然，人是一条不洁的河。若要容纳一条不洁的河而不致污浊，我们必须成为大海。

"现在，我告诉你们何谓超人：他即是这大海；你们天大的轻蔑都可以沉入它的怀中。

"你们所能经历的最伟大之事是什么？那便是天大的轻蔑。那时，你们会厌弃你们的幸福，你们的理智与道德亦然。

"那时，你们会说：'我的幸福有什么用！它只是贫弱、污浊与无知的

1　即上帝。

自满。可幸福不应当是生存的意义之所在么？'

"那时，你们会说：'我的理智有什么用！它是否像狮子捕食猎物一样渴求知识呢？它只是贫弱、污浊与无知的自满！'

"那时，你们会说：'我的道德有什么用！它不曾令我狂热。我是怎样地厌烦我的善与恶！一切都只是贫弱、污浊与无知的自满！'

"那时，你们会说：'我的正义有什么用！我从未觉得我是烈焰与热炭，但正义之人应当是烈焰与热炭！'

"那时，你们会说：'我的怜悯有什么用！怜悯不是那钉死"爱世人者"[1]的十字架么？但我的怜悯不是一种钉死在十字架上的刑罚。'

"你们已经如此诉说过么？你们已如此喊叫过么？啊！但愿我曾听到你们如此喊叫！

"这不是你们的罪，而是你们的保身之道；你们为免罪而向天呼喊！

"那将用火舌舔舐你们的闪电何在？那应当接种给你们的疯狂又何在？

"现在我告诉你们何谓超人：他便是这闪电，这疯狂！"

查拉图斯特拉说罢这些话，人群中有人叫道："我们的耳朵领教够这个艺人的嘴上功夫了，现在来让我们开开眼吧。"于是众人开始朝查拉图斯特拉哄笑，而走钢索的以为在说他，便开始登场献技。

四

但是查拉图斯特拉看着人群，觉得很诧异，然后他如是说道：

"人类是一根连接在兽类与超人中间的绳索——一根悬于深渊上的绳索。

1　即耶稣。

"向另一端去很危险，在当中间很危险，回头瞻顾也很危险，战战栗栗或踌躇不前，都极端危险。

　　"人类之伟大，正在于它是桥梁而非终点。人类之可爱，正在于它是过渡，也是没落。

　　"我爱那些除没落外不知如何生活的人，因为他们是过渡者。

　　"我爱那些极度的轻蔑者，因为他们也是极度的崇拜者，是射向彼岸的憧憬之箭。

　　"我爱那些人，他们不向天宇寻觅某种为之没落牺牲的理由，而是为大地殉身，使大地有朝一日属于超人。

　　"我爱那些人，他们为求知而生活，他们为超人出世而求知，同时甘心于自己的没落。

　　"我爱那些人，他们为了给超人建设住所、给超人预备好大地和动植物而工作而创造。同时他们甘心于自己的没落。

　　"我爱那些人，他们珍爱自己的道德，因为道德即是甘于没落的意志，憧憬之箭。

　　"我爱那些人，他们不为自己保留精神的一点一滴，而以全部的精神来完成他的道德，如此，他在精神上跨过了桥梁。

　　"我爱那些人，他们令自己的道德成为其偏爱和使命。如此，他可以甘愿为其道德或生存，或毁灭。

　　"我爱那些人，他们宁愿只有一种道德而非多种。守死善道胜于首鼠两端，遑论那道德连接着命运的纽带。

　　"我爱那些人，他们慷慨地挥霍灵魂、不接受感谢也从不致谢，因为他

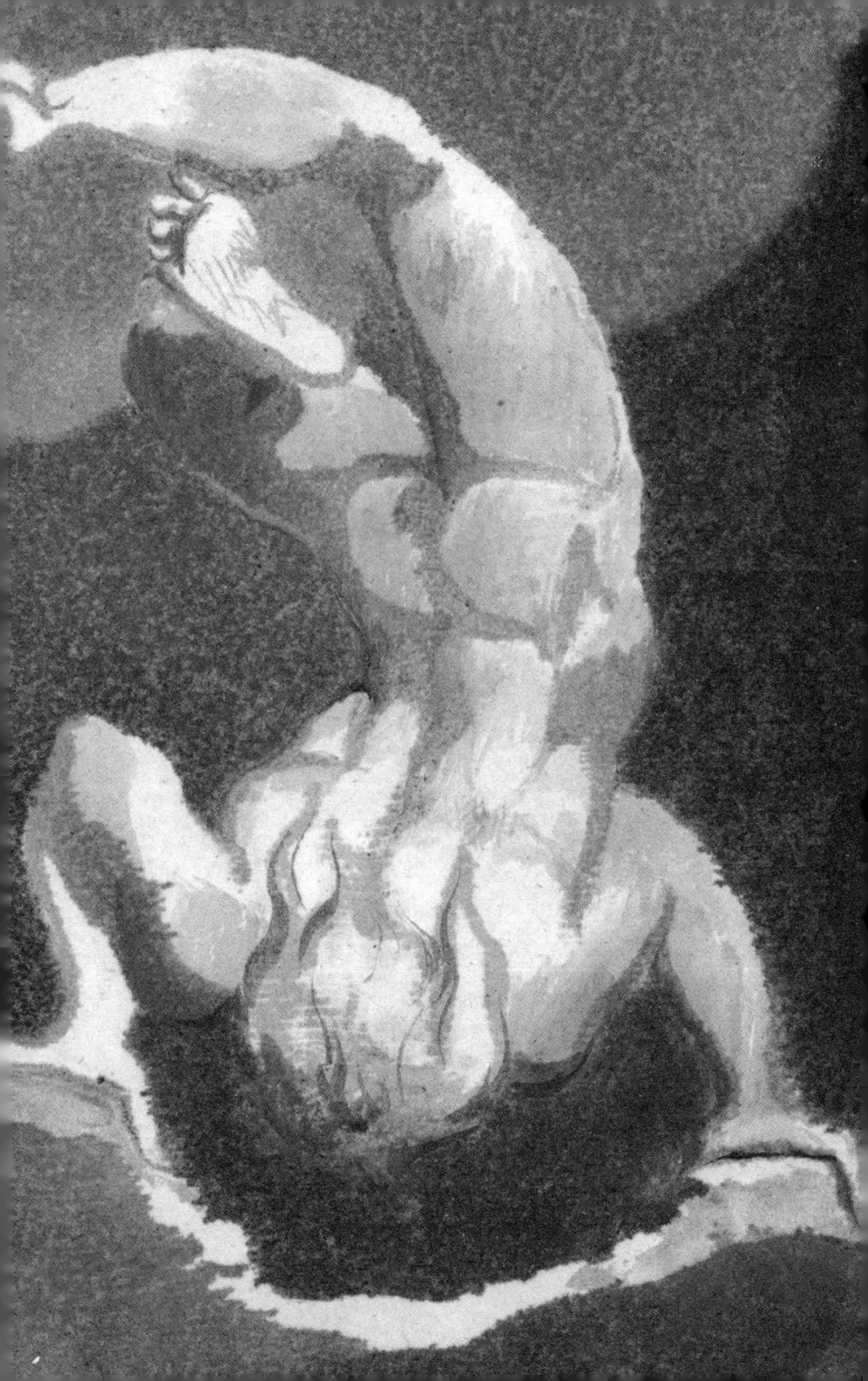

总是赠予，毫无保留。

"我爱那些人，他们为赌骰子时的幸运而羞愧，他扪心自问：我是一个作弊的赌徒么？——故而他甘愿失败。

"我爱那些人，他们行动之前先出良言、履行责任多于允诺，因为他们甘愿没落。

"我爱那些人，他们肯定未来的人，而拯救过去的人，他甘愿为现在的人而毁灭。

"我爱那些人，他们责罚上帝，因为他们热爱上帝；因此他们将因干犯神怒而毁灭。

"我爱那些人，其灵魂即便受伤亦不失其深邃，愿为任何细微的冒险而赴汤蹈火：如此，他将乐于跨过桥梁。

"我爱那些人，其灵魂极度充实，因而忘却自我，却能备万物于其一身。如此，万物成全他的没落。

"我爱那些人，其精神与情感一样自由。如此，其头脑仅是其情感的从属，而其情感却令他没落。

"我爱那些人，他们如同沉重的雨点，一滴滴从高悬于天空的黑云坠落：它们预言着闪电将至，然后如预言者般地消亡。

"瞧，我是一个闪电的预言者，一颗自云中降落的沉重雨点，而这闪电，便是超人。"

五

查拉图斯特拉说罢这些话语，他望向人群，陷入了沉默。"他们站在那里，"他向自己的内心说道，"他们只知哄笑：他们对我所言茫然不解；我是在对牛弹琴罢了。

"难道要撕掉他们的耳朵，令他们学着用眼睛去听么？难道要像铙钹或口诵经忏的牧师一样喧嚷么？也许他们只相信口吃之人？

"他们有某种引以为傲的东西。他们怎样称呼其引以为傲之物？他们称它为文明，这令他们与牧羊者不同。

"因此他们不愿意承受'轻蔑'这个字眼。我应该从他们的骄傲入手。

"我将向他们讲述那最可轻蔑的，那便是'最末等之人'[1]！"

于是查拉图斯特拉向众人说道：

"人类自己决定目标的时候到了。人类自己栽种最高希望之幼苗的时候到了。

"如今土地还相当肥沃。但终有一天，它会变成不毛之地，没有任何树木可以生长于其中。

"唉！人类不再把他超越自身的憧憬之箭射出的时候近了！那弓弦已不再震颤作响！

"我告诉你们：人类得存有一个混沌，才能孕育出一颗光芒舞动的星。我告诉你们：你们还存有一个混沌。

"唉！人类不再能孕育星辰的时候近了。唉！最可轻蔑者的时候近了，他已不知道轻蔑自己。

"现在我让你们看看'最末等之人'。

"'爱是何物？何谓创造？何谓渴望？何谓星辰？'最末等之人如是问

1　有"最卑贱的人""小人"之意。

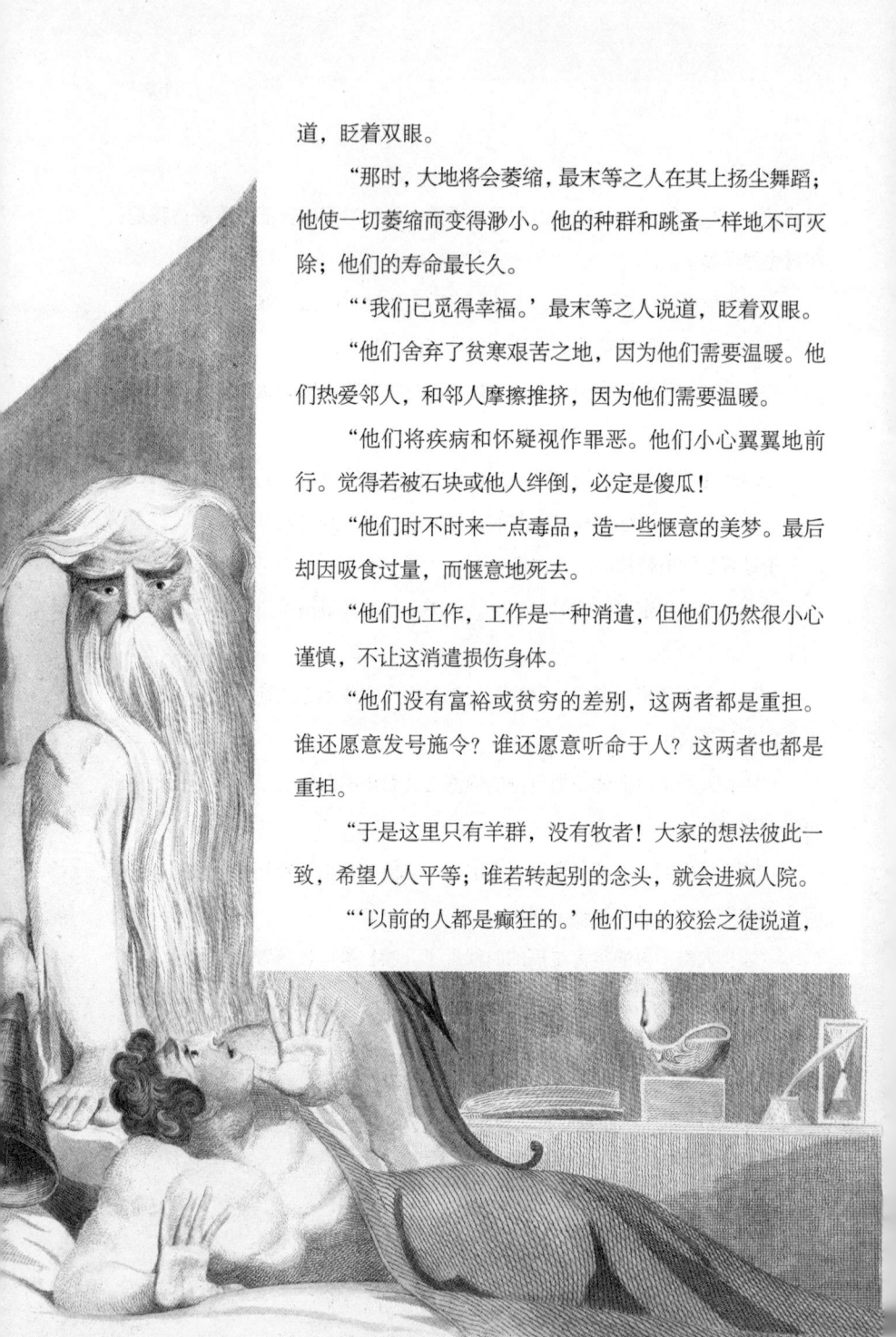

道，眨着双眼。

"那时，大地将会萎缩，最末等之人在其上扬尘舞蹈；他使一切萎缩而变得渺小。他的种群和跳蚤一样地不可灭除；他们的寿命最长久。

"'我们已觅得幸福。'最末等之人说道，眨着双眼。

"他们舍弃了贫寒艰苦之地，因为他们需要温暖。他们热爱邻人，和邻人摩擦推挤，因为他们需要温暖。

"他们将疾病和怀疑视作罪恶。他们小心翼翼地前行。觉得若被石块或他人绊倒，必定是傻瓜！

"他们时不时来一点毒品，造一些惬意的美梦。最后却因吸食过量，而惬意地死去。

"他们也工作，工作是一种消遣，但他们仍然很小心谨慎，不让这消遣损伤身体。

"他们没有富裕或贫穷的差别，这两者都是重担。谁还愿意发号施令？谁还愿意听命于人？这两者也都是重担。

"于是这里只有羊群，没有牧者！大家的想法彼此一致，希望人人平等；谁若转起别的念头，就会进疯人院。

"'以前的人都是癫狂的。'他们中的狡猾之徒说道，眨着双眼。

"他们很聪明，清楚一切过往之事，于是他们互相讥笑嬉闹不休。他们偶有争执，但很快便言归于好，生恐妨害了胃口。

"他们在白日享受其琐碎的乐事，夜晚也是如此，但他们不会纵情狂欢，他们十分地爱惜自己的健康。

"'我们已觅得幸福。'最末等之人说道，眨着双眼。"

查拉图斯特拉的开场白，到此便告一段落，因为此时人群的喧闹打断了他。"啊，查拉图斯特拉，把那个最末等之人赐给我们吧，"他们喊道，"让我们成为那最末等之人！我们就把超人给你！"人群越发欢呼鼓噪起来，但查拉图斯特拉却忧郁地对自己的内心说道：

"他们对我说的一片茫然：我是在对牛弹琴罢了。

"也许是我在山上隐居太久，听惯了树木飒飒与溪流淙淙：现在我向他们讲道，还和同牧人聊天一样。

"我的灵魂宁静澄澈，和晨曦中的山峦一般，他们却当我是一个冷酷刻薄的讪谤者。

"他们如此看着我嬉笑：他们的嬉笑里饱含怨恨，有如冰霜。"

六

但此时，令人瞠目结舌的事发生了，因为此时走钢索的艺人正开始表演。他从一扇小门里出来，走在钢索上。这钢索系于两座塔之间，悬在市场和人群上空。当他走到当中时，小门又开了，跳出一个身着彩衣的少年小丑，他快速跟随着前面那人的步伐，"快点，瘸子，"少年以吓人的声音喊叫，"快点！

懒骨头，挡路的痨病鬼！别让我用脚挠你痒痒！你在这两塔之间的钢索上干嘛？你该被关在塔里，你挡了高手的道！"他每说一个字，就离前一人更近一点。当他隔着那人仅一步之遥时，便发生了那令全场瞠目结舌之事：这小丑怪叫一声，从那挡路的艺人头顶一跃而过。那人见对手胜出，不由头脑发昏，一脚踏空，平衡杆脱手；一阵手足乱舞之后，他飞速地向地面坠落。下面的人群，就好似狂风暴雨之中的海浪：他们豕突狼奔地四散奔逃，尤其是那可怜人身体即将坠落之处，更是乱作一团。

查拉图斯特拉此时却很镇静，那人身体恰好落在他脚边，摔了个血肉模糊，手脚断裂，奄奄一息。须臾，那人苏醒过来，他看见查拉图斯特拉跪在身边。"你在这里干什么？"他终于开口，"我早知道魔鬼会绊我一脚，现在他正把我拖向地狱，你能阻止他么？"

"朋友，以我的名誉起誓，"查拉图斯特拉答道："你说的一切都不存在：既没有魔鬼，也没有地狱。你的灵魂只会比你的肉体消失得更快，所以不要害怕！"

那垂死之人疑惑地仰望着他："假若你的话没错，"他接着说道，"那么我并不因为丧命而失去什么。我与一头野兽并无二致，人们用鞭子和些微的吃食，调教出了我的把戏。"

"并非如此，"查拉图斯特拉说道，"你以危险为职业，这无可厚非。现在你因你的职业而殒身，所以我将亲手埋葬你。"

查拉图斯特拉说罢，那人已不能言语；但他的手动了动，像是在摸索查拉图斯特拉的手，以示感激。

七

此时已是黄昏，市场早为暮色笼罩。人群渐渐散去，因为他们的好奇和惊恐都已疲倦了。查拉图斯特拉坐在死者旁边，陷入沉思，忘却了时间。终于夜晚来临，一阵冷风吹过这孤独的人。查拉图斯特拉站起来，他对自己的内心说道：

"说真的，查拉图斯特拉今天的收获不错！没捉到活人，倒捉到一具尸体。

"人生如此无常难测，且毫无意义：一个小丑就可以带来不幸的命运。

"我将教给世人存在的意义：那便是超人，从凡人的乌云里放射出来的闪电。

"但是我和他们相隔甚远，心灵无法契合。在他们眼中，我不过是在小丑与死者之间。

"夜色黑暗，查拉图斯特拉的前路也无比黑暗。来吧，僵硬冰冷的伙计！我带你去寻找坟茔，将你亲手埋葬。"

八

查拉图斯特拉对自己的内心说罢，便背负尸体上路。他还没有走上百步，一个人忽然悄悄凑上身旁，附耳低语。吓！说话的人竟是那塔中的小丑！

"啊，查拉图斯特拉，离开这座城镇吧！"小丑说，"这里恨你的人太多了。善人和义人恨你，当你是他们的仇敌，轻蔑他们的人；信仰正统的教徒恨你，称你为大众的害群之马。人们讥笑你还是你的运道，你说话也确实像一个小丑。你和这死狗为伴，也算是你的好运道，你这样的自轻自贱救了你一命。无论如何，快离开吧，否则我这活人明天又得从一个死人头上跳过了。"这小丑语毕，便消失无踪；查拉图斯特拉则继续在黢黑的街道上前行。

在城门边，他遇见几个掘墓人，他们用火把照了照他的脸，认出是查拉图斯特拉，就此刻薄地挖苦他。"查拉图斯特拉背着这条死狗，了不得，查拉图斯特拉何时又变成掘墓人了！我们的手太干净，不值得去碰这死狗肉。查拉图斯特拉想偷魔鬼的食物么？去吧，祝你用餐愉快！只要魔鬼不是比你更高明的窃贼就好了！也许他会两个一起偷了吃掉吧！"他们互相倚着头大笑。

查拉图斯特拉默然不应，向前赶路。他顺着森林与泥沼走了两个小时，不时听到饿狼的嗥叫；忽然，他觉得自己也饿了。于是他停在一所孤零零而透出灯光的小屋前。

"饥火追着我，仿佛强盗似的。"查拉图斯特拉说，"在这深夜的森林与泥沼间，饥饿抓住了我。

"我的饥饿有些奇怪的禀性。常常在餐后到来，今天它却整日不来，它在什么地方流连忘返呢？"

查拉图斯特拉敲了敲那小屋的门。一个老者手拿着灯盏出来，他问道："谁在这里吵扰我本就不好的睡眠？"

"一个活人和一个死人。"查拉图斯特拉说道，"请给我一点饮食吧，我白天全然忘记了。谚云：'使饥者得食之人，其灵魂也得快慰。'"

老者进去，随即拿了面包与酒出来，递给查拉图斯特拉。"这里对于饥饿者可不是个好地方，"他说，"所以我才住在这里。人与兽都来找我这隐居之人。请你的伙伴也吃点喝点吧，他看来比你还疲倦呢。"查拉图斯特拉说：

"我的伙伴死了,这事恐怕不容易劝他。"

"这跟我无关。"老者不悦地说道,"敲我门的人,就得接受我给的食物。吃吧,祝你们一路平安!"

随后,查拉图斯特拉凭借着星光,又沿着道路走了两小时。他习惯于夜行,并且喜欢观察沉睡着的大地万物。当东方既白,查拉图斯特拉发现自己已身在森林的最深处,再无去路。于是他把尸体放在他头顶的一株空心树里——以免为饿狼掳去——自己便在地面丛生的苔藓上躺下。他立刻酣睡过去,肉身疲倦之极,灵魂却很宁静。

九

查拉图斯特拉睡了很久;晨光从他脸上掠过,上午也很快过去了。最后,他睁开眼睛，讶异地看了一眼寂静的森林，又讶异地低头看看自己。接着他猛然站起，像一个发现陆地的水手，发出欢呼：因为他悟出了一个新的真理。他对自己的内心说道：

"一线光明洞烛我心。我需要同伴，活的同伴，而不是任凭我背到何处的死者和尸身。

"我需要活的同伴，他们将跟随我，只因他们愿意跟随自己，无论我去往何处。

"一线光明洞烛我心。查拉图斯特拉应向同伴说话，而非向众人说话！查拉图斯特拉不应当做羊群的羊倌或牧羊犬！

"从羊群里诱走许多小羊——我是为此而来的。众人和羊群会因我而恼怒，查拉图斯特拉不惮被羊倌们视作强盗。

"我称他们为羊倌，但是他们自称为善人和义人。我称他们为羊倌，他们自称为信仰正统的教徒。

"看那些善人和义人！他们最恨的是谁？他们最恨破坏他们价值石板[1]的人，破坏者，违法者——但这人也是创造者。

"看那各种信仰的教徒吧！他们最恨的是谁？他们最恨破坏他们价值石板的人，破坏者，违法者——但这人也是创造者。

"创造者所寻求的是同伴，而非死尸——也不是羊群或教徒。创造者寻找的是共同创造者。他们把新的价值写在新的石板上。

"创造者所寻求的是同伴和共同收割者，他觉得一切都已成熟，等待收割，但是他没有一百把镰刀，所以他愤怒地掊扯着麦穗。

1　以基督教故事中摩西刻写十诫的石板比喻价值体系。

"创造者所寻求的是同伴和会磨镰刀的人，他们将被称为善恶的破坏者与轻蔑者，但他们是收割者和庆祝丰收的人。

"查拉图斯特拉所寻求的是共同创造者，查拉图斯特拉所寻求的是共同收割者和一起庆祝丰收的人。羊倌、羊群以及尸体，对于他毫无用处！

"然而，我的第一个同伴，安息吧！我已经妥当地将你埋葬在这空心树里；我已经把你藏好，不会被饿狼打扰了。

"但我要走了，已是离别之时。在两个晨曦之间，我悟得了一个新的真理。

"我不应是羊倌或掘墓人。我决不再向众人说话，这也是最后一次，我向死者诉说。

"我要到创造者中去，到那些收割者以及庆祝丰收之人中去；我将向他们指出彩虹与超人的梯航。

"我将向那些单独或结对的隐居者歌唱。谁若愿意倾听他不曾听闻的东西，我将以祝福使他的心满溢。

"我将循着我的路途向目标前进，我将越过踌躇者与落后者。我的前行将是他们的没落。"

十

查拉图斯特拉对自己的内心说罢这些话的时候，已是日当亭午。忽然他惊疑地望向天空，因为他听到上方传来尖锐的鸟鸣。瞧！一只鹰舒翅在天空中兜着大圈子，它身上挂着一条蛇，不像它的猎物倒像一个朋友，因为这蛇绕在它的脖颈上。

"它们是我的鹰与蛇！"查拉图斯特拉说道，满怀欣悦。

"太阳下最高傲的动物，太阳下最聪明的动物啊。[1]——它们是为探察而来。

"它们想知道查拉图斯特拉是否还活着。确实，我现在算是还活着么？

"在人群里，我遇到的危险比在兽类中还多；查拉图斯特拉行走于危险的路途。让我的鹰与蛇来导夫先路吧！"

查拉图斯特拉说罢，记起森林里那老圣人的劝告，于是他叹息着对自己的内心如是说道：

"我愿我更聪明些！像蛇一样彻底的聪明无碍！

"但这是不可能的。所以我祈祷我的高傲永远陪伴我的智慧！

"若有朝一日智慧竟舍我而去——唉！它确实是喜欢逃脱！至少我的高傲还可以和我的疯狂一起展翅飞扬！"

查拉图斯特拉如是下山。

---

1 鹰即高傲，蛇即聪明。

三种变形

我要向你们指出三种灵魂的变形：灵魂如何变形为骆驼，骆驼如何变为狮子，狮子又如何变为孩童。

许多沉重的事物需要坚毅充实、满怀崇敬的灵魂来担荷，只因沉重至无以复加的负荷需要这种灵魂的强健力量。

何谓沉重？负重的灵魂发问。然后如骆驼一般屈膝，以便装载更多。

何谓沉重无比，英雄们？负重的灵魂发问。或许我可以承担它，然后为我的强健而欢喜。

它是否意味着：自抑自贱以克制骄傲，展露愚蠢以嘲弄智慧？

它是否意味着：放弃已大获全胜的成就，登上高山以与诱惑者周旋？

它是否意味着：以知识的果实及枝叶为食，为了真理宁使灵魂忍饥挨饿？

它是否意味着：身罹疾患而拒绝慰藉，以永不会听见你倾诉之声的聋人为友？

它是否意味着：不论真理之水如何污浊不堪，都会纵身而入，且不嫌弃任何鱼虾鼋鼍？

它是否意味着：爱那些轻视我们的人，并向企图吓唬我们的魑魅魍魉伸手示好？

负重的灵魂独自担荷所有这些至重之物，并疾步奔向大荒，如同负重的

骆驼驱驰在沙漠一样。但就在这最寂寞的大荒中，第二种变形于焉发生：灵魂一变而为狮子，他攫取自由，并主宰此大荒。

他在此寻觅最后的主人，他将与这主人及最后的上帝为敌，为了胜利他将不惜与巨龙一决高下。

这灵魂不再称之为主人及上帝的巨龙是何物？"尔当"是它的名号，但狮子的灵魂却说"我欲"。

"尔当"横亘在路途中，金光闪耀——它是一头身披金甲的猛兽。每一片鳞甲绽放的光辉都在昭示："尔当"！

千年来的价值都在它的鳞甲上闪耀，这至高无上的龙中之龙如此宣谕："万物价值，熠熠我身。一切价值，皆已创生。所创价值，唯我表征。是以世间，'我欲'何存？"如此如此，真龙宣谕。

弟兄，然则灵魂还要狮子何用？有那勇于负重且谦抑恭顺的骆驼不就够了么？

为创造新的价值，即便是狮子也无法独力完成，但为了开创出创造的自由，则非狮子之力不办。

开创自由，甚至对须尽的义务加以神圣的否定，为此，我的弟兄，我们需要狮子。

欲启程奔赴新的价值，对于只知负重的温顺灵魂来说确实是强人所难，无异于令他去掠食。确实，这是掠食动物的分内之事。

他曾挚爱"尔当"，视之为极神圣之物，如今却被迫去从这极神圣之物中寻觅虚妄与专横，以便从挚爱之手掠取自由。这掠取，须由狮子来完成。

但是弟兄，请告诉我，如果狮子都无能无力，孩童又能如之奈何？为何那掠食的狮子仍须再变为孩童？

孩童，是纯洁，是善忘，是全新的开始，是游戏，是自转的车轮，是最初的步履，是一个神圣的肯定。

是的，我的弟兄，为了创造的游戏，生命需要一个神圣的肯定：此时灵魂有了自己的意志；被世界摈斥在外的，赢得自己的世界。

我已向你们指出三种灵魂的变形：灵魂如何变形为骆驼，骆驼如何变为狮子，狮子又如何变为孩童。

查拉图斯特拉如是说。其时他的居停所在是一小镇，名唤斑牛。

道德讲坛

人们向查拉图斯特拉赞美一位智者，此人论说睡眠及道德十分精妙，故而他受到极高的敬仰与礼遇，所有青年皆来至其讲坛前听教。查拉图斯特拉于是也来至其座前，厕身于青年中间。智者如是开讲：

"须对睡眠抱持敬意与谦卑，此乃头等要事！对夜间睡不安枕乃至不寐之人应保持距离！

"即便是窃贼亦对睡眠抱持谦卑，他总是在夜幕中悄声行事。可是更夫却毫无敬意，他扬扬自得地别着他的号角。睡眠不是小艺末技，须整个白天保持清醒，夜晚方能安眠。

"每天你须克制自己十次，那会带来有益的疲乏，是灵魂的鸦片。

"每天你须调节自己十次，因克制是苦事，不调和的灵魂难以入眠。

"每天你须觅得十条真理，否则你将在夜里忙于寻觅，以免于灵魂的饥渴。

"每天你须开怀大笑十次，否则，胃这个烦恼之源，将会在夜间侵扰你。

"知此事者甚少，但是一个人为了安眠，应具备一切道德，诸恶莫做。我会犯伪证罪么？我会犯奸淫罪么？

"我会希图染指邻人的婢女么？这一切都与安眠水火不容。

"即便具备一切道德，你还得注意此事，令道德在恰当的时机入睡。

"你要令这些小宠物般的道德不会互相争执！要是它们吵闹起来，你就有得受了！

　　"听从于上帝，亲睦于邻里：此乃安眠的条件。同时也与邻人间的魔鬼妥协！否则它会在夜晚来你身边作祟。

　　"敬重服从于政府，即便是瘸腿的政府，也得如此！此乃安眠的条件。统治者乐意瘸腿行路，我又能奈他何？

　　"凡是将羊群领去最葱郁草地的人，我打心底认为他是最好的牧人，如是才得安眠。

　　"不要名满天下或富可敌国，这是自寻烦恼，但是湮灭无闻或一文不名的人也是无法安眠的。

　　"我宁可选择一个狭小的朋友圈子，而不欢迎一个损友，但朋友也得在适当的时机来往。如此才不碍我的安眠。

　　"我对于智障也很有兴趣。他们对睡眠有益。当人们对他们一味容忍让步时，他们总是快乐无比。

　　"有德之人的白昼须如此度过。当夜晚来临，切记不可召唤睡眠。睡眠这一切道德的主人，是不会受人召唤的！

　　"但是我反省着日间的所行所思，如牛一般慢慢反刍。我自问：你的十次自我克制是什么？十次自我调节呢？那十条真理与十次开心的大笑是什么？

　　"我如是反省沉思着，在这四十个念想交织的摇篮里晃漾摇摆。忽然睡眠这不受召唤的一切道德之主，就不请自来了。

　　"它轻叩我的双眼，我的眼皮就渐渐沉重起来。它轻触着我的嘴，我的嘴就慢慢张开。

"真的，它蹑手蹑脚溜到我身边，这最亲爱的小偷，它偷去了我的思维。我呆若木鸡地站着，如同这讲桌。

"但是我没站一会儿，就躺下去，安睡了。"

查拉图斯特拉听罢智者这番话，不由得暗自发笑，恍然大悟。他对自己的内心如是说道：

"这智者的四十个念想，大冒傻气，但我相信他是精擅睡眠之道的。

"生活在这智者身边的人是有福的。这种睡眠可以传染，即便隔着厚厚一堵墙，也会传染。

"他的讲座也有一种魔力。这些少年们来此听他的道德说教，并非空走一遭。

"他的智慧告诉我们，为了安眠，必须保持道德上的警觉。确实，如果生命本是毫无意义的荒谬事物，而我不得不选择一个荒谬的理由时，那么，我觉得这是一个最值得选择的荒谬理由了。

"现在我总算知道从前人们寻找道德的教师时，所求的是何物了。他们所求的，是安眠以及有益于安眠的道德麻醉。

"所有为人称道的高踞讲坛之徒的智慧，不过是无梦的安眠，他们不知道生命还有其他更深刻的意义。

"此种道德的说教者，如今还很有一些，只是他们都不如我眼前这个实在，不过他们的时代已经过去了。他们站不了一会儿，就会躺下去睡着。

"这些昏昏欲睡的人是有福的，因为他们立刻便会进入黑甜之乡。"

查拉图斯特拉如是说。

遁世者

从前，查拉图斯特拉也像所有遁世者一样，驰骋其幻想于人寰之外的彼岸。那时我觉得世界是出自一个受尽苦痛折磨的上帝之手。

那时我觉得世界是一个上帝的幻梦与妙想，一个不安现状的神灵在眼前挥就的斑斓烟霞。

所有的善恶，苦乐与你我，——我觉得都是造物者眼前的斑斓烟霞。造物者不愿再看见自身——于是他创造了世界。

受苦之人不再正视自己的痛楚以忘却自己，这对他来说是一种陶然之乐。从前，世界对我来说也一样是陶然之乐与自我遗忘。

这个世界，这永不完美的、一个永远矛盾的残缺倒影——它的残废造物者的一种陶然之乐——从前我这样认识世界。

因此我也曾像遁世者一般，驰骋幻想于人寰之外的彼岸。但是我真的能将人间抛掷脑后么？

啊，弟兄，我创造的这个神，和其他神祇一样，是人类疯狂的造物！

他也是人，并且只是一个"人"与一个"自我"的可悲局部罢了。他是一个幻影，从我自己的灰烬与火焰里走出，真的！他不是天外来客！

弟兄，后况又如何呢？我克服了自己的伤痛；我带着自己的灰烬上山；我给自己点燃了一束更明亮的火焰。瞧！那幻影便遁迹无踪了！

现在，相信这样的幻影，对于病痛初愈者是痛楚与折磨；对于我则是烦恼与羞辱。我对遁世者如是说。

痛苦与无能——它们创造了另一个世界和这短暂的幸福迷狂，只有痛苦最深的人才能体验。

疲倦想以一跃，致命的一跃，跳至最后的终点；这可悲而又无知的疲倦，它已丧失了自己的意志，于是它创造了神与另一个世界。

相信我，弟兄！这是肉体对于肉体的绝望——它以精神那迷失的手指，顺着最后的墙壁慢慢摸索。

相信我，弟兄！这是肉体对于大地的绝望——它听到存在的脏腑在向它说话。

于是它想要把脑袋穿过这最后的墙，它想要把整个身躯伸出去——它想全身心地投入到"彼岸世界"去。

但这"彼岸世界"隐藏甚深，不易为人所见；它是个非人性的不毛之地，是一个虚无飘渺的天国；存在的脏腑如果不是以人的面目出现，便默然不语。

证明一切存在，令他开口，都极为困难，但是请告诉我，弟兄，你不觉得最奇妙的事物，正是最容易被证明的事物么？

是的，这个"自我"，以其特有的矛盾与混乱，坦率地证明了自己的存在。这个有创造力，有意志力的自我，它是衡量一切事物的价值标准。

这个"自我"，这最坦率的存在，即便是在它冥想时，迷狂时，或拍打断翅低飞时，也谈论着肉体，它需要其肉体。

这个"自我"一直学着坦率地说话，它越学越能说出赞颂崇敬肉体与大地的话语。

我的"自我"教给我一种新的高傲，而我又教给世人：不要再把头埋藏在彼岸之沙里，而是自由地挺起这大地的头颅，这创造大地意义的头颅！

我教给世人一个新的意志：有意识地选取人类曾经无心地走过正确道路，肯定其正确，切勿像病患与垂死之人一样悄悄地避开它！

病患与垂死之人蔑视肉体与大地，虚构出一个彼岸世界与赎罪之血；但即便这甜美而致命的毒药，也是取自于肉体与大地！

他们想要从苦难中得救，那天国的星辰却遥不可及。于是他们太息道："天啊，为什么没有天梯，使我们可以偷偷进入到另一重生命里去享受另一重幸福呢！"——于是他们创造出了这捷径和饮血的把戏！

这些忘恩负义之徒，他们自以为脱离了肉体与大地。可是不想想是谁给他们那解脱时的悸动与狂喜？还不是他们的肉体与大地！

查拉图斯特拉对于病患是宽厚大度的。是的，他不因为他们自我安慰的方式，或他们的忘恩负义而恼怒。他要让他们痊愈，超越自己，给他们一个更强健的身体！

查拉图斯特拉对于疾病初愈者，也是宽厚大度的。他不因为他们念念不忘于那已失去的幻梦，半夜在其神祇墓冢旁徘徊不去而恼怒；在我看来，这些疾病初愈者的眼泪，仍然是由一种旧疾与肉体的病态。

沉湎于幻梦而渴求上帝之人，很多是病态的；他们极度痛恨求知者与一种最基本的道德：诚实。

他们时常回顾已逝去的黑暗时代。当然，那时的疯狂与信仰有所不同：理智的昏聩便被认为是近于上帝，若敢怀疑便是罪恶。

我十分清楚这些俨然以上帝自居的人。他们要别人全然相信他们，而稍有怀疑便是罪恶。我也十分清楚他们自己最深信不疑的是什么。

那绝对不是什么彼岸世界或赎罪之血。他们最深信不疑的是肉体，他们把自己的肉体视为"自在之物"[1]。

不过他们仍认为肉体是一种病态之物。他们极想蜕掉这皮囊。

所以，他们乐于倾听死亡的布道者，他们讲述着彼岸世界。

弟兄，还是来倾听这健康肉体的声音吧。这声音更为诚实、更为纯粹。

健康的肉体，完整而端方的肉体，它的声音诚实、纯粹；它谈论大地的意义。

查拉图斯特拉如是说。

---

1 康德语，即"本体"。

肉体的轻蔑者

　　我有些话要告诉肉体的轻蔑者。我并非要改变他们学习与传教的方式，我只是要他们跟他们自己的肉体告别——他们立刻哑口无言。

　　"我是肉体与灵魂。"——孩童如是说。为什么这些人不会如是说呢？

　　但是，觉悟者和有道者却说："我全然是个肉体，而非其他什么。灵魂是肉体某一部分的名称。"

　　肉体是一个大理性，一个单一意义的复合体，同时是战争与和平、羊群与牧人。

　　弟兄，你的小小理智——被称之为"精神"的，是你肉体的工具，你的大理性的小工具和小玩物。

　　你把"我"挂在嘴边，并以这个字眼而自豪，但是更伟大的你却不愿相信，那是你的肉体和它的大理性，它不言说

"我"，而是践行"我"。

一切感官所感知的，精神所认识的，都谈不上有任何目的。但感官与精神却想使你相信它们是万物的目的：它们竟是如此虚荣。

感官与精神不过是工具与玩物。它们的后面，仍隐藏着一个"自己"。这"自己"也使用感官的眼睛巡视，精神的耳朵谛听。

"自己"总是在谛听和巡视。它比较、克服、占领、破坏。它统治一切。统治着自我。

我的弟兄，在你思想与感情背后，站立着一个强大的主宰，一个陌生的智者——那就是"自己"，它在你的肉体里，它即是你的肉体。

你肉体里的理智远多于你那最高智慧中的理智。谁知道你的肉体为何非得需要你那所谓的最高智慧呢？

你的"自己"嘲笑着你的"我"与它得意扬扬的蹦跶。谁知道你的肉体为何非得需要你那所谓的最高智慧呢？

你的"自己"嘲笑着你的"我"与它得意扬扬的蹦跶。"这些思想的蹦跶飞舞于我何加焉？""自己"呢喃自语道，"都只是达到我目的的歧路罢了。我是'我'的襻带，也是'我'一切观念的指示者。"

"自己"向"我"说："去感受痛苦吧！"于是"我"立刻痛苦起来，然后它开始为如何免除痛苦而思考。

"自己"向"我"说："去品尝快乐吧。"于是"我"立刻快乐起来，然后它开始为如何一直快乐而思考。

我有些话想告诉肉体的轻蔑者。让他们轻蔑肉体吧！这正是他们对肉体最好的尊敬。是谁创造了尊敬与轻蔑、价值与意志呢？

这个创造性的"自己"为它自身创造出尊敬与轻蔑、欢乐与痛苦。这创造性的肉体为自己创造出精神，作为其意志的手臂。

你们这些肉体的轻蔑者，即便是你们的癫狂与轻蔑也是在为你们的"自己"效力。我说给你们听：你们的"自己"想要自我毁灭、逃避生命。

它已不能去做它最想做的事：超越自我地创造。这才是它最强烈的愿望、全部的热诚。

但现在，为时已晚——你们的"自己"一心自毁，你们这些肉体的轻蔑者啊！

正因你们的"自己"一心自毁，故而你们成为肉体的轻蔑者！你们对于超越自我地创造无能为力。

于是你们怨恨生命与大地，于是一种不自觉的妒忌，流露在你们睥睨的轻蔑目光里。

肉体的轻蔑者，我绝不会重蹈你们的覆辙！你们不是我迈向超人的桥梁！

查拉图斯特拉如是说。

快乐与热情

我的弟兄，假若有一种道德，是你所特有，那你切不可和其他人共享。

你当然想肇赐它以某一嘉名，你当然想爱抚它；你当然想拎拎它的耳朵，同它嬉戏。

但是，瞧吧！一旦你给它取了名号，势必为众人共用，那么，这一道德亦将使你泯然众人！

你不如说：这使我灵魂悲欣交加的东西，不可言诠；这使我内心饥渴难耐的东西，无以名之。

你的道德如此高贵，不容任何狎昵的称谓。如果你必须提到它，也不必羞于启齿。

你可以期期艾艾地说：这是我所珍守的善道，它使我欣喜莫名，我所需之善道正是如此。

我需要它，绝不因为它是上帝的律条，或人间的法规，抑或世人的日常所需。它绝不是指向彼岸世界或天堂的路标。

我爱它，因为它是大地上的道德。它并不具备多少智慧或理性。

但是这只鸟在我身边筑巢栖迟，所以我呵护怜惜它——如今它在我这里，孵着金蛋。

你应当这样谈论赞美你的道德，期期艾艾也无妨。

从前你有许多种热情，而你统统称之为邪恶，但是现在你拥有的只

130

剩下这种道德，它诞生自你的热情。

你将你最高的目的根植于这些热情里，因此它们变成了你的道德与快乐。

你纵然是属于暴躁易怒的、沉湎肉欲的、宗教迷狂的，甚或睚眦必报的族类，但你的一切热情终会变成道德，你的一切魔鬼终会变成天使。

从前你的地窖里饲养着许多野狗，但现在它们终于变成了鸟儿与动人的歌者。

你从你的毒药里制出了止痛剂，你挤出痛苦的牛奶，现在你饮用着这甘甜馥郁的液体。

不会再有恶从你身上诞生，除非是那多种道德之间争斗而产生的恶。

我的弟兄，你只须有一种道德，不必更多，如果你足够幸运的话，如此你过桥将更加轻松容易。

能够拥有多种道德看似美好，但也是一个难以承受的命运。很多人因为不堪多种道德争斗之苦，而跑到荒漠里去自杀。

我的弟兄，争斗是恶么？它是必然会产生的。嫉妒，猜忌与毁谤，因你的多种道德也是必然会产生的。

瞧！每项道德都想占据最高的地位，它要你全部的精神为它驱驰，它需要你爱憎怨怒的全部力量。

道德互相嫉妒，而嫉妒如此可怕。多种道德都会因嫉妒而毁灭。

被妒火包围的人，会像一只毒蝎那样，最终将毒针刺向自己。

啊，我的弟兄，难道你从不曾看见道德自相毁谤、自相残杀么？

人是应当被超越的，所以你当珍爱你的道德，因为你可以因它而毁灭。

查拉图斯特拉如是说。

苍白的罪人

你们这些法官和祭司，在牺牲没有叩首之前，你们应当不愿将他正法吧？瞧！这苍白的罪人叩首了，他的眼睛里流露着极度的轻蔑。

"我的'自我'是应当被超越的，我的'自我'便是对人类最高的轻蔑。"罪犯的眼睛这样表白。

这是他的自我审判。这是他最高贵的时刻。切莫让这高贵的人再退回他的卑贱状态！

除了速死之外，这因自我而如此痛苦的人，无法得救。

啊，法官们，你们的杀人判决应当是出于怜悯而非报复；你们杀人时要知道自己是在为生命辩护。

仅与被你们处死的人和解是不够的。让你们的悲悯成为对超人的爱吧，这样，你们自己的免死才算合理！

你们应当称这罪人为"仇敌"而非"暴徒"，你们应当称他为"病患"而非"恶棍"，你们应当称他为"疯子"而不是"罪人"。

你，红袍法官，如果将你心中所思全部吐露出来，大家想必会如是叫道："扫除这污秽的毒物吧！"

但思想与行为是两件截然不同之事，行为的冲动又是另一件不同的东西。它们中间没有因果之轮在旋转。

罪人犯罪时，他似乎胜任愉快，可是完成罪行后，他反而不能忍受那种犯罪的冲动了。它使得这苍白的人脸如死灰。

他总是当自己是犯罪行为的实施者。我称此为疯狂，在他身上特例变成了普遍规则。

在母鸡周围用粉笔画地为牢，会令它踌躇不前。这罪人的冲动，也在他可怜的理智周围画地为牢——我称此为事后的疯狂。

听着，法官们！另外还有一种疯狂，那是犯罪之前的。啊！你们还没有深深地看透这个灵魂呢！

红袍法官如是说："为什么这罪犯会杀人？他是想抢掠钱财。"但我告诉你们，他的灵魂渴望鲜血，而不是钱财。他渴望着刀锋带来的快感。

但他那可怜的理智，不了解自身这种疯狂，而劝服他。"血又有什么价值呢？"理智说，"你不趁此机会至少抢劫一下么？报复一下么？"

他听从了他那可怜的理智。那语句像铅块一样悬挂在他身上，于是他杀人时，也抢掠了钱财。他不愿因自己的疯狂而羞耻。

如今他罪感的铅块又重重地坠在他身上，他那可怜的理智又如此麻木，僵直而沉重。

他只须摇摇头，他的重负便会滚落下来，但是谁来摇这个头呢？

这种人是什么？他是疾病丛生的渊薮，这些疾病凭借他的精神在世界上蔓延。它们想四处寻找赃物。

这种人是什么？是一团扭动缠绕又争斗不休的毒蛇——因此它们四处找寻赃物。

看这具可怜的皮囊！它的诸多痛苦与渴望，都由它那可怜的灵魂展现。灵魂认为那就是犯罪的冲动与渴望刀锋带来的快感。

如今，病患之人都被当代的恶所侵袭。他们加诸别人身上的痛苦，正是那导致他痛苦的事物。但从前曾有过与当今不同的时代，不同的善恶。

从前，怀疑以及个人野心都是罪恶。那时，病患是异教徒和女巫：他们像异教徒与女巫一样，自己痛苦，也令别人痛苦。

我知道这些话语你们听不进去：你们认为这会有害于你们中的善人，但是你们所谓的善人对我又算得了什么呢！

你们所谓的善人多有令我恶心之处，但他们的恶不在此列。我只愿他们会有一种疯狂，使他们如这苍白的罪人一般毁灭！

是的，我希望他们的疯狂是真理、诚实或正义，但是他们自有其道德令其在可怜的自满中长生不老。

"我是河边的栏杆。谁愿意扶我的，便扶住吧！但我不是你们的拐杖。"

查拉图斯特拉如是说。

阅读与写作

　　一切文字，我只爱以血写就者。用你的血写作吧，你将会发现，血即是精神。

　　理解他人之血殊非易事，因此我痛恨一切以阅读为消遣之人。

　　了解读者的人，不会为读者写作。再过一世纪，读者连同他们的精神都会与草木同朽。

　　允许每个人都有读书的权利，最后不仅会妨害写作，连思想也会被殃及。

　　从前精神便是上帝，然后变成了人，如今他变成了庸众。

　　用血写作箴言之人，是不愿作品被人口头诵读的，是要给人们用心默记的。

　　两山间最短的距离是从山巅到山巅，但你必须有双长腿，才能迈步过去。箴言即是山巅，而倾听箴言的人，也应当是高大伟岸的巨人。

　　稀薄而清新的空气，近在咫尺的危险，精神里充盈着的邪恶的快乐：这一切都如此融洽。

　　我不惮为鬼怪环绕，因为我勇于面对它们。勇气会驱逐妖物，甚至会为自己造出许多鬼怪，勇气需要对它们大笑。

　　我的感觉你们的已迥然不同。我取笑下方那块云的乌黑与臃肿，它却是你们头顶倾泻雷雨的乌云。

　　你们希望向上攀登时，你们须抬头仰望，我却在向下俯视，因为我已身

在高山之巅。

你们中又有谁能在高山之巅大笑呢?

站立在最高峰上的人,笑看着人世间一切亦幻亦真的悲剧。

横行无忌,漠视、鄙弃、征服一切——智慧期待我们如此。智慧是一个少女,只爱战士。

你们对我说:"生命如此难以承受。"然则你们为何白日倨傲而夜晚恭谨呢?

生命是如此难以承受的,那么,不要再摆出那样弱不禁风的样子吧!我们都是能够负重的马驴。

我们和那在一颗露珠的重量下便战栗娇躯不已的玫瑰花苞,哪有一点相似之处?

的确,我们热爱生命,但并非因为我们惯于生,而是惯于爱。

在爱里,总有些疯狂存在。但同样的,在疯狂里也总有些理智存在。

在我这热爱生命之人看来,蝴蝶、肥皂泡以及一切人间与它们相似之物,最了解幸福的含义。

当查拉图斯特拉看见这些娇憨活泼的小精灵在风中舞动,他不禁想要流泪、想要歌唱。

我只会信仰一个会跳舞的上帝。

而我的恶魔是那故作郑重的精神,每当我看见它时,它都安静严肃、煞有介事;这故作深沉的精神——万物都被它吓倒。

我们不以愤怒而以欢笑来施行杀戮,来吧,让我们杀了这煞有介事的精神吧!

　　我已学会了行走，然后我便开始奔跑。我学会了飞翔，然后我便不必被人推动才能移位。

　　现在我的身体变轻了，我飞起来了，看见我在我自己的上方。一个上帝在我身上跳舞。

　　查拉图斯特拉如是说。

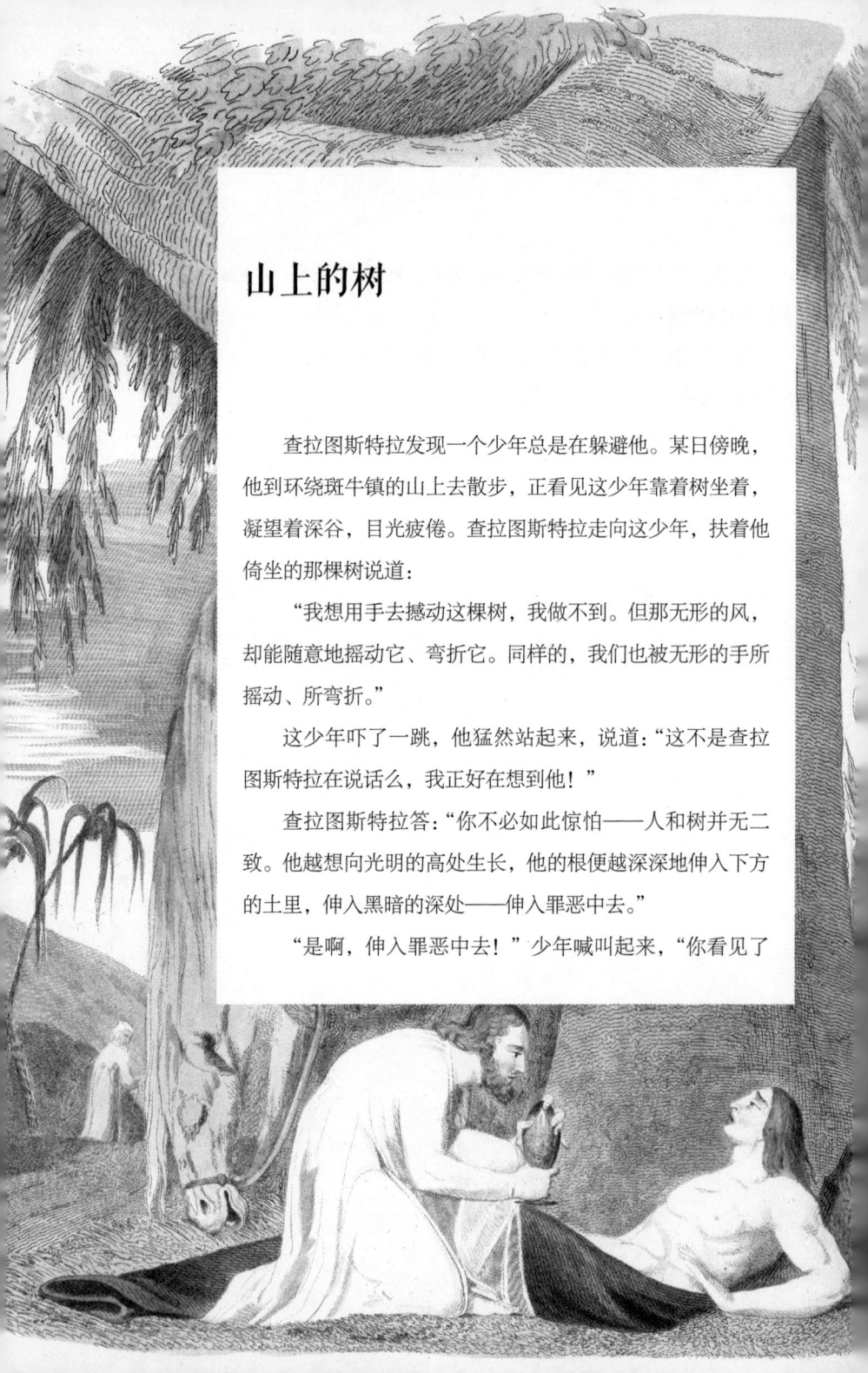

山上的树

　　查拉图斯特拉发现一个少年总是在躲避他。某日傍晚，他到环绕斑牛镇的山上去散步，正看见这少年靠着树坐着，凝望着深谷，目光疲倦。查拉图斯特拉走向这少年，扶着他倚坐的那棵树说道：

　　"我想用手去撼动这棵树，我做不到。但那无形的风，却能随意地摇动它、弯折它。同样的，我们也被无形的手所摇动、所弯折。"

　　这少年吓了一跳，他猛然站起来，说道："这不是查拉图斯特拉在说话么，我正好在想到他！"

　　查拉图斯特拉答："你不必如此惊怕——人和树并无二致。他越想向光明的高处生长，他的根便越深深地伸入下方的土里，伸入黑暗的深处——伸入罪恶中去。"

　　"是啊，伸入罪恶中去！"少年喊叫起来，"你看见了我的灵魂，你是怎样办到的呢？"

查拉图斯特拉莞然道："芸芸众生的灵魂，除非是预先被制造好的，否则永不会被发现。"

"是啊，伸入罪恶中去！"这少年再次高喊，"你说的都是真理，查拉图斯特拉。自从我想向上攀升，我对自己便失去了信心，也无人再信任我——这是为何呢？

"也许是我改变得太快？今日之我不断否定昨日之我。当我攀登时，跳过了很多级阶梯，这些阶梯不会原谅我。

"我攀上了高处，却发现自己的孤单。没人可以攀谈，凄清的寒气令我战栗。我究竟是要上来找寻什么呢？

"我的轻蔑和我的渴望交织着，与日俱增。我攀得越高，便越是轻蔑那些也在攀爬的人。他们究竟想上来做什么呢？

"我的攀爬与趔趄曾令我怎样的羞惭啊！我怎样地讥笑我的喘息啊！我怎样地痛恨那些一飞冲天之人啊！当我爬到高处我又是怎样地疲倦啊！"

说完这些，少年陷入了沉默。查拉图斯特拉看着他们身边那棵树如是说道：

"这棵树独自在山上长高长大，长得高过了人与兽。

"即便它想说话，已经没有任何人能听到，它长得太高了。

"但是它还在等待着，等待着——等待什么呢？它已经生长得直入云霄了，或许它在等待第一记雷电吧？"

查拉图斯特拉说罢，这少年激烈地挥舞双手喊道："是的，查拉图斯特拉，你说的都是真理。我之所以想攀上高处，为的是渴望我自己的毁灭，而你便是我等待的第一记雷电！你瞧，自从你来我们这里以后，我成什么样子了？是对你的嫉妒害了我！"——少年如是说道，并放声大哭起来，于是查拉图斯特拉挽住他的肩头，带他离去。

他俩一起走了一段路，查拉图斯特拉又说道：

"我很难过。即便你不亲口说出，你的目光已告诉了我一切你所冒的危险。

"你仍然是不自由的，你还在寻觅自由。你的寻觅使你夜不能寐、时刻清醒。

"你想要向自由的高空而去，你的灵魂渴望着星辰，但是你恶劣的本性也渴望着自由。

"你的野狗也想要自由。当你的精神尝试打开牢门，它们在地牢里欢快地吠叫。

"在我眼中，你仍是一个幻想着自由的囚徒。啊！这种囚徒的灵魂，会变得机敏，同时也会变得狡狯邪恶。

"精神获得自由的人，还须净化自己。他的心底还有许多枷锁和污泥，你的双眼也须变得纯洁澄澈。

"是的，我知道你的危险，但是凭着我的爱与希望，我恳求你：切勿抛弃你的爱与希望！

"你仍然相信自己的高贵，便是对你怀恨在心，眼光满含怨毒的人，也看得出你的高贵。你要知道，一个高贵的人对于任何人都是障碍。

"高贵的人也是善人的障碍。虽然善人也称赞他的好，那只是为了把他挪开到一旁。

　　"高贵的人想要创造新事物与新道德。善人们却只想抓牢旧事物，永不放手。

　　"高贵者的危险，不是他会变成善人，而是他会变成厚颜无耻之徒、冷嘲热讽之人，以及破坏者。

　　"啊！我曾认识很多高贵的人，失去了他们最高的希望，于是他们嘲笑一切高贵的希望。

　　"于是他们无耻地沉溺于暂时的狂欢，目光短浅，醉生梦死。

　　"'精神也是一种淫欲。'他们如是说，于是他们的精神自断双翅。精神不得不匍匐爬行，弄脏了伤口。

　　"从前他们想成为英雄，如今他们仅仅是享乐主义者。英雄这一概念令他们痛苦惊惶。

　　"但是凭着我的爱与希望，我恳求你：切勿抛弃你灵魂里的英雄！让你最高的希望永远保持神圣！"

　　查拉图斯特拉如是说。

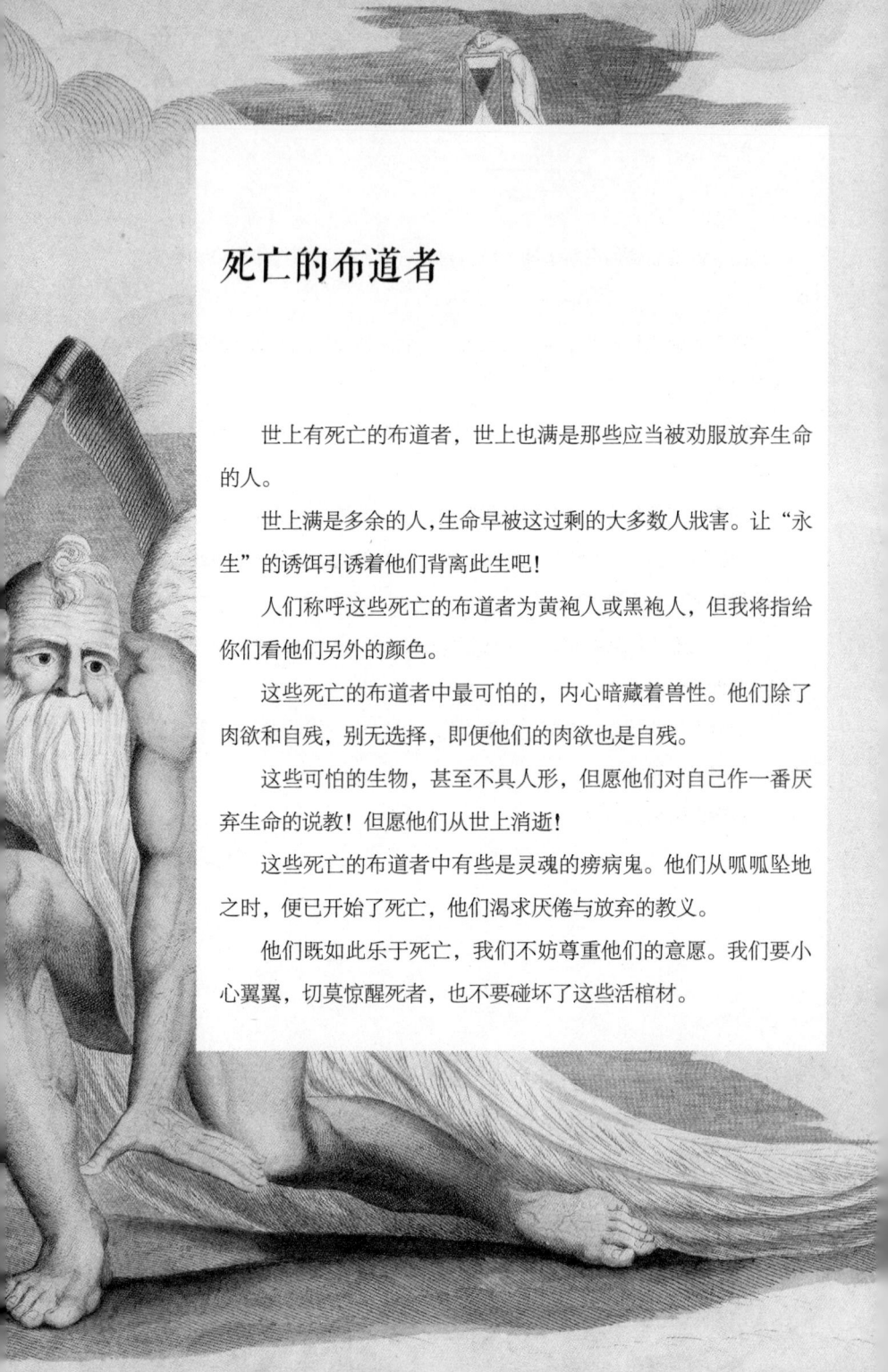

死亡的布道者

世上有死亡的布道者，世上也满是那些应当被劝服放弃生命的人。

世上满是多余的人，生命早被这过剩的大多数人戕害。让"永生"的诱饵引诱着他们背离此生吧！

人们称呼这些死亡的布道者为黄袍人或黑袍人，但我将指给你们看他们另外的颜色。

这些死亡的布道者中最可怕的，内心暗藏着兽性。他们除了肉欲和自残，别无选择，即便他们的肉欲也是自残。

这些可怕的生物，甚至不具人形，但愿他们对自己作一番厌弃生命的说教！但愿他们从世上消逝！

这些死亡的布道者中有些是灵魂的痨病鬼。他们从呱呱坠地之时，便已开始了死亡，他们渴求厌倦与放弃的教义。

他们既如此乐于死亡，我们不妨尊重他们的意愿。我们要小心翼翼，切莫惊醒死者，也不要碰坏了这些活棺材。

一旦他们遇见一个病人、一个老人甚或一具尸体，他们便立刻说道："这就是对生命的反驳！"

实际上这是对他们自己和他们双眼的反驳，他们那仅能看见生命其中一面的双睛。

浓厚的忧伤笼罩在他们的生命周围，他们期待那带来死亡的偶然事故。他们咬紧牙关等候着。

抑或如此：他们一面伸手去够糖果，一面嘲笑自己的稚气未脱；他们一面抓住生命的稻草不放，一面嘲笑自己还不松手。

他们的智慧说道："世上活着的都是蠢人，而我们正是那种蠢人！这正是生命中最大的愚蠢！"

"生命即苦！"——他们中另外一些人如是说，这话似乎并非谰言；那么，你们中止生命吧！中止你们仅有痛苦的人生吧！

这便是你们道德的教义："你应当杀死自己！你应当把自己的生命从世上盗走！"

"肉欲即罪。"一些死亡的布道者如是说。

"让我们摆脱肉欲，不再生育孩子！""生育是痛苦的。"另一些人如是说。"为何还要生育？只是诞生又一群不幸者！"这些人也是死亡的布道者。

"慈悲是必要的，"还有些人如是说，"来将我的所有拿去！来将我自己拿去！如此我将更少受到生命的束缚。"

假若他们具有彻头彻尾的慈悲心肠，他们将会使其邻人也厌恶生命；假若他们不怀好意，那他们倒真是大发慈悲了。

但他们连生命都想舍弃，又怎会顾忌其枷锁与馈赠已牢牢地绑缚住了

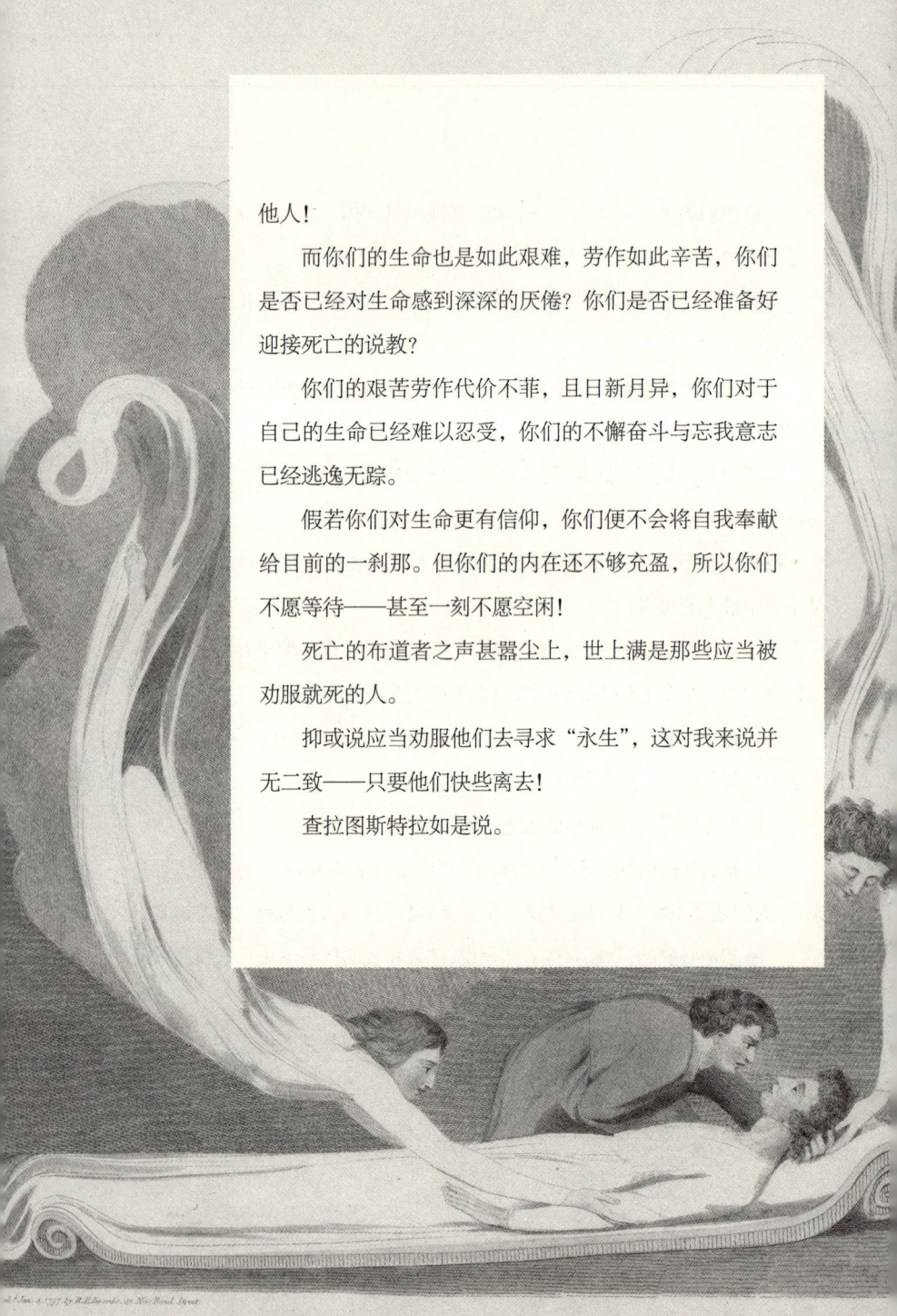

他人！

　　而你们的生命也是如此艰难，劳作如此辛苦，你们
是否已经对生命感到深深的厌倦？你们是否已经准备好
迎接死亡的说教？

　　你们的艰苦劳作代价不菲，且日新月异，你们对于
自己的生命已经难以忍受，你们的不懈奋斗与忘我意志
已经逃逸无踪。

　　假若你们对生命更有信仰，你们便不会将自我奉献
给目前的一刹那。但你们的内在还不够充盈，所以你们
不愿等待——甚至一刻不愿空闲！

　　死亡的布道者之声甚嚣尘上，世上满是那些应当被
劝服就死的人。

　　抑或说应当劝服他们去寻求"永生"，这对我来说并
无二致——只要他们快些离去！

　　查拉图斯特拉如是说。

战争与战士

　　我们不愿意最强的敌人对我们轻饶宽恕，如同不愿意我们衷心热爱之人对我们姑息放纵。所以，让我来告诉你们几句真话吧！

　　战斗的弟兄！我衷心热爱你们。现在和以往我一直是你们的伙伴，也是你们最好的敌手。所以，让我来告诉你们几句真话吧！

　　我明了你们内心的怨恨与嫉妒。你们没有伟大到不知怨恨嫉妒。因此不如就让你们的伟大之处体现在不以此为耻吧！

　　假若你们不能做一个求知的圣徒，至少请你们做一个求知的战士吧。求知的战士是圣徒的伙伴和先锋。

　　我眼中所及是众多的兵卒，我更希望看到众多的战士！制服是他们的统一穿着。然而他们被包裹在制服下面的，该不是如"制服"般的千人一面吧！

　　你们应当时时以双眼搜寻敌人——搜寻你们的寇仇。你们当中有些人，应当第一眼就流露出憎恨。

　　你们应当时刻搜寻你们的敌人，你们应当战斗，为你们的思想而战！如若你们的思想遭到挫败，你们的赤胆忠心仍应高呼胜利！

　　你们应当将和平当作新的战斗缘由来爱。你们应当爱短暂的和平甚于爱长久的和平。

　　我不会劝你们去工作，只是劝你们去战斗；我不会劝你们去寻求和平，只是劝你们去追求胜利！令你们的工作成为一种战斗，令你们的和平成为一种胜利!

只有手中握着弓箭的人，才会默然静坐，相安无事，否则就会争辩吵嚷不休，令你们的和平成为一种胜利!

你们认为是伟大的动机使战斗变得神圣么？我要告诉你们：伟大的战斗使得一切动机都变得神圣。

比起仁慈，战争和勇气完成了更多伟大的事业。迄今为止，是你们的勇敢，而非你们的怜悯，拯救了更多的受难者。

"何谓善？"你们问道。勇敢即是善。而那些小姑娘们说："美好又使人感动的才是善。"随她们说去吧!

人们会指责你们冷酷无情，但是你们的心如此真实，我爱你们那热诚的羞怯。你们因你们的激流奔涌而赧颜，他人却要因为他们的浪潮回落而自恶。

你们容貌丑陋么？那好，弟兄!就以崇高的气质作为你们丑陋容颜遮羞的披风!

当你们的灵魂变得伟大，它也变得目中无人。你们的崇高气质之下，也有恶意。我了解你们。

高傲与软弱在恶意里相遇，但是他们往往彼此误会。我了解你们。

你们的敌人应当是那值得被憎恨的，而不是那只配被蔑视的。你们应当因你们的敌人而自豪，于是敌人的成功，同时也是你们的成功。

反抗——这是奴隶的光荣。你们的光荣，却应当是服从。让你们发出的命令也成为服从!

一个优秀的战士，喜欢说"你须"多于"我要"。对于你们喜欢的事物，你们应首当其冲地来接受它的命令。

让你们对生命的爱，即是你们对最高希望的爱，让你们的最高希望即是生命的最高理想！

不过，你们要接受的最高理想，即我所要命令你们的——就是：人类应当被超越！

因此，过着服从和战斗的生活吧！长命百岁又有什么意义！哪个战士愿意被宽恕！

我不会宽恕你们，我战斗的弟兄，我从内心深处挚爱着你们！

查拉图斯特拉如是说。

新偶像

弟兄，别的地方如今还有民族与种群，但我们这里却绝对没有！我们有的只是国家。

国家，是何物？竖起你们的耳朵来听我说！我将告诉你们：民族是怎样衰亡的。

国家是一切冷酷无情的怪物中最冷酷的那一个。他说着冷酷无情的谎言，这谎言从他嘴里爬出："我，国家，即是民族。"

真是一派胡言！以前创生了民族的，是创造者，他们为民族高悬了一个信仰与爱之鹄的，他们如此为生命服务。

而那些给众人埋下陷阱，并称这陷阱为国家的，是破坏者。他们在民族头顶高悬着刀剑以及千百种欲念。

凡是民族仍存在的地方，国家是不被接受的。他们厌弃国家如厌弃带来噩兆的眼睛，如厌弃违反律法与习俗的罪孽。

我要提醒你们这一点：每个民族对于善恶，都自有它特别的语言，与之毗邻的民族也不能了解。每个民族的语言皆从它的律法与习俗里创制出来。

但是国家关于善恶的各种语言都是在说谎，都是在蒙骗，它所有的一切都是偷盗而来。并且它所有的一切，都是虚伪；它用偷来的牙齿择人而噬，这个咬人者，它的心肠充斥着虚伪。

善恶的语言混淆莫辨。我提醒你们，这就是国家的标志。是的，这个标志指向的是死亡意愿！是的，它会招来死亡的布道者！

多余的人日益充塞世界。国家是为这些多余的人而创造的！看它怎样诱惑那些多余的人！看它怎样将他们吞食，咀嚼，然后反刍！

"世上没有伟大似我的事物，我是上帝调理秩序的手指。"这怪物如是咆哮。匍匐在它面前的，不仅是那些长耳驴与近视眼！

啊！即便是对你们，对你们这些伟大的灵魂，它也在你们耳边呢喃着它阴森的谎言！啊！它觅得了你们这些慷慨的丰沛心灵！

是的，它找到了你们，你们这些旧日神祇的征服者！过去的战斗使你疲惫不堪，如今你的疲惫使你效力于新偶像。

它正乐于被英雄与高贵的人簇拥左右，这新偶像！它乐于从良知的阳光里取暖——这冷酷的怪物！

它将给予你们一切，只要你们愿意顶礼膜拜，这新偶像！如是，它也就收买了你们美德的荣耀、你们高傲的目光。

它将以你们作诱饵，去钓取那些多余的人！是的，它发明了一条充满诱惑的毒计，给一匹死马配上闪耀着神圣金光的络脑鞍鞯，令它们叮当作响！

是的，它制造了无数人的死亡，一种自诩为生命的死亡。这对于死亡的布道者，真是一项贴心的功绩！

国家，我称之为善人恶人一齐饮用毒药之地；国家，是善人恶人一齐迷失自我之地；国家，是所有人以"生命"之名一齐慢性自杀之地。

看看这些多余的人！他们偷窃了发明者的作品与智者的宝物，他们称此偷窃行为为文明。但是一切遇到他们，都变成了疾病与灾祸！

看看这些多余的人！他们总在病中；他们呕吐着胆汁，却称之为新闻报

道。他们彼此吞食，却不能互相消化。

看看这些多余的人！他们越是聚敛财物，就因而越加穷困。他们渴求权力，首先是权力的敲门砖——大量金钱，这些无能者！

看他们怎样攀爬！这些敏捷的猿猴！他们争先恐后地互相攀援，然后又互相拖拽着坠入深深的泥坑，扭打作一团。

他们都妄想登上王座，这是他们的疯狂——似乎幸福就在王座之上！却不知置于王座上的往往都是污物——而王座自身也常常置于污物之上。

在我眼中，他们全是疯子、攀爬的猿猴与高热病人。他们的偶像，那冷酷的怪物，已然腐臭不堪；他们这些虔诚的偶像崇拜者，也已然腐臭不堪。

弟兄，你们愿窒息在他们肠胃和食欲的恶心气息里么？不如破窗跳入外面的空气中去！

摆脱那种恶臭！从那多余人的偶像崇拜中全身而退！

摆脱那种恶臭！从那人肉牺牲的烟雾缭绕中全身而退！

大地仍对伟大的灵魂敞开怀抱。如今，还有许多地方可供隐者独自或结伴藏身修道，那里为宁静大海的气息环绕。

自由的生命仍对伟大的灵魂敞开怀抱。是的，一个人占有的越少，他也就越不易为外物所累：适度的贫困是幸福的！

唯有在国家灭亡了的地方，那并非多余的人才开始存在。那不可或缺之人的歌唱，那无可替代的无上妙曲，才能开始。

那国家灭亡了的地方——看向那里，我的弟兄！你不曾看见彩虹与通往超人之桥么？

查拉图斯特拉如是说。

市场之蝇

我的朋友，逃入你的孤独中去吧！我看到你因为大人物的喧嚷而聋聩，因为小人的暗箭而遍体鳞伤。

森林与山岩以它们沉默不语的陪伴崇敬着你。再学学你一向喜爱的大树吧，它伸展着无数修长丰茂的枝条，无声地俯身在海面上凝神谛听。

然而孤独的尽头，便是市场开始的地方；而市场开始之时，便是名伶的欬欬与毒蝇的营营开始之时。

在这世界上，便是最好的事物，如若没有表演者的演绎，也会一钱不值。众人尊称这些表演者为大人物。

众人不懂得何谓伟大，也即是说他们不懂得何谓创造。但他们对于伟大事物的表演者与阐释者，却青眼有加。

世界因新价值的创造者而旋转——尽管这旋转是看不见摸不着的；人群与荣耀却围着优伶打转，这就是世事的真相。

优伶也有精神，却少有精神的良知。他只相信那使他的信仰更加坚定之物——他自己！

明天，他将有一个新的信仰；后天，一个更新的信仰等着他。他像众人一样，有着敏锐的感觉和善变的性情。

颠倒是非——这即是他所谓的证明；逼人疯癫——这即是他所谓的说服；他认为血是最有力的论据。

那只能说给明白人听的真理，他认为是谎言与胡话是真的，他只相信在世间吆喝得最响的上帝！

市场上满是喋喋不休的小丑——而群众正以这些所谓大人物而备感荣耀：视之为时代的主宰。

但时代紧迫着他们，因此他们又紧迫着你。他们要你回答"然"或"否"。唉！难道你只能把座椅置于然否之间么？

不要嫉妒这些绝对而急躁的人，你这爱真理的人！须知真理从来不曾挽过绝对者的手臂。

躲开这些莽汉，回到你的安全之处去。只有在市场上，一个人才是被"然"与"否"所决定的。

而深井的体认是很缓慢的。在知道坠落于井底的究竟是何物之前，深井必须等候良久。

一切伟大的事物，总是远离市场与浮名才能产生。新价值的创造者总住在离市场与浮名遥不可及的地方。

朋友，逃吧，逃入你的孤独里去。我看到你因毒蝇而遍体鳞伤。逃往狂风劲吹之地去吧！

逃入你的孤独里去！你活在那些小人和可怜虫伸手可及之处。在他们暗地里的报复来临之前逃开吧！他们一心只想向你报复。

不要试图举手抵抗他们！他们多如恒河沙数，而你的使命不是做个苍蝇拍。

这些小人与可怜虫多得不可胜数。多少雄伟的千里长堤，曾因蚁穴而溃烂。

你并非岩石，可是密集的雨点已经将你滴穿。还有更多的雨点将会使你粉身碎骨。

我看到你因毒蝇而精疲力竭，我看到你的血自身上的千疮百孔中流出，然而高傲使你不屑于动怒。

他们一脸无辜地尽情吸吮着你的血，那是他们贫血的灵魂所渴求的——于是他们一脸无辜地恣意叮咬。

但是情感最深刻的你，即便是极细微的伤口，也会使你痛彻心扉；并且在你还未治愈之前，同样的毒虫又爬上了你的手背。

我知道你太高傲，不屑于杀死这些饕餮之徒，但你也得当心，不要让他们的恶毒注定你的厄运！

他们围绕着你上下飞舞，营营扰扰，大唱赞歌，他们的赞歌也是强人所难。他们只想亲近你的皮肤与血管。

他们向你献媚，如同向上帝或魔鬼献媚；他们在你面前啜泣，如在上帝或魔鬼面前啜泣。何其无趣！他们只是一些献媚之徒、好哭之人，而非其他。

他们常在你面前表现得和善可亲，但是这是怯懦者的小聪明。是的！怯懦者是机灵的！

他们以小人之心测度你——他们觉得你十分可疑！令他们百思不得其解之人，总是可疑的。

他们因你的一切美德而惩罚你。他们的心底只愿原谅的是——你的过错。

你的大度与正直令你说："他们卑微的存在是无罪的。"但他们褊狭的心肠令他们认为："一切伟大的存在都是有罪的。"

即便你对他们和善有加，他们却总是觉得为你所蔑视。他们以阴谋诡计来报答你的恩德。

你那沉默的高傲总是不合他们的口味，若你自谦到近于百无一用时，他们便欢喜莫名起来。

我们判定了一个人的品质，就会刺激那品质更加张扬。因此要防备小人！

他们在你面前自觉渺小，他们的卑贱便会燃烧为恶毒报复的无形烈焰。

你没发现多少次你走近他们的时候，他们便闭口不语了么？你没发现他们的活力顿时散去，如余烟离开将熄之火么？

是的，我的朋友，你使得你的邻人们良心难安，因为他们比不上你。所以他们对你衔恨在心，欲饮你的血而后快。

你的邻人永远是毒蝇；你的伟大使他们更毒，更像苍蝇。

朋友，逃入你的孤独中去！逃往那狂风劲吹的孤独中去吧！你的使命不是做个苍蝇拍。

查拉图斯特拉如是说。

禁　欲

我爱森林。城市里是不宜生活的，那里淫荡之徒太多。

落在一个杀人犯手里，不更强于跌进一个淫妇的梦里么？

看看这些男子，他们色眯眯的双眼表明——他们不知道世上还有胜于躺在一个妇人怀抱中的事。

他们的灵魂深处满是污糟的泥垢；如若他们的泥垢里也有精神存在，那就更糟糕了！

至少你们能够如禽兽一样完整吧！但禽兽是无邪的。

我是在奉劝你们消灭本能么？我只是在奉劝你们要保持本能的无邪。

我是在奉劝你们禁欲么？禁欲对于一部分人是美德，对于更多人却如同一种罪恶。

禁欲者确实能自我克制，但淫欲的母狗那深深的妒意却在他们的行为中表露无遗。

即便是在他们最高的美德与最冷静的灵魂里，这只母兽也如影随形，使他们寝食不安。

当这母狗得不到一块肉时，它会用怎样和善的态度，为一点精神满足而摇尾乞怜啊！

你们爱悲剧和一切令人心碎之事？但是我对你们内心的母狗深表怀疑。

你们的眼睛太过残酷，你们以淫欲的目光搜寻着受苦者。你们的淫欲不是假冒怜悯之名而行么？

我再给你们打个比方：不少人想驱逐魔鬼结果自己也堕入魔道。如若贞洁难守，则应抛弃，否则禁欲会变成通向地狱之路——通向灵魂的污秽与荒淫。

我提到了污秽么？对我而言这并非最坏的事。

求知者不愿跳入真理之水中去，是因为那真理的清浅，而非因为它的污秽。

有些人天性就是贞洁的，他们的内心柔和。他们比你们笑得更频繁，更开怀。

他们也笑禁欲，并且问道："禁欲是什么？

"禁欲不是愚行么？但要这种愚行来迁就我们，而非我们去迁就它。

"我们给这客人提供房屋和心灵。如今他住在我们这里——想住多久就多久！"

查拉图斯特拉如是说。

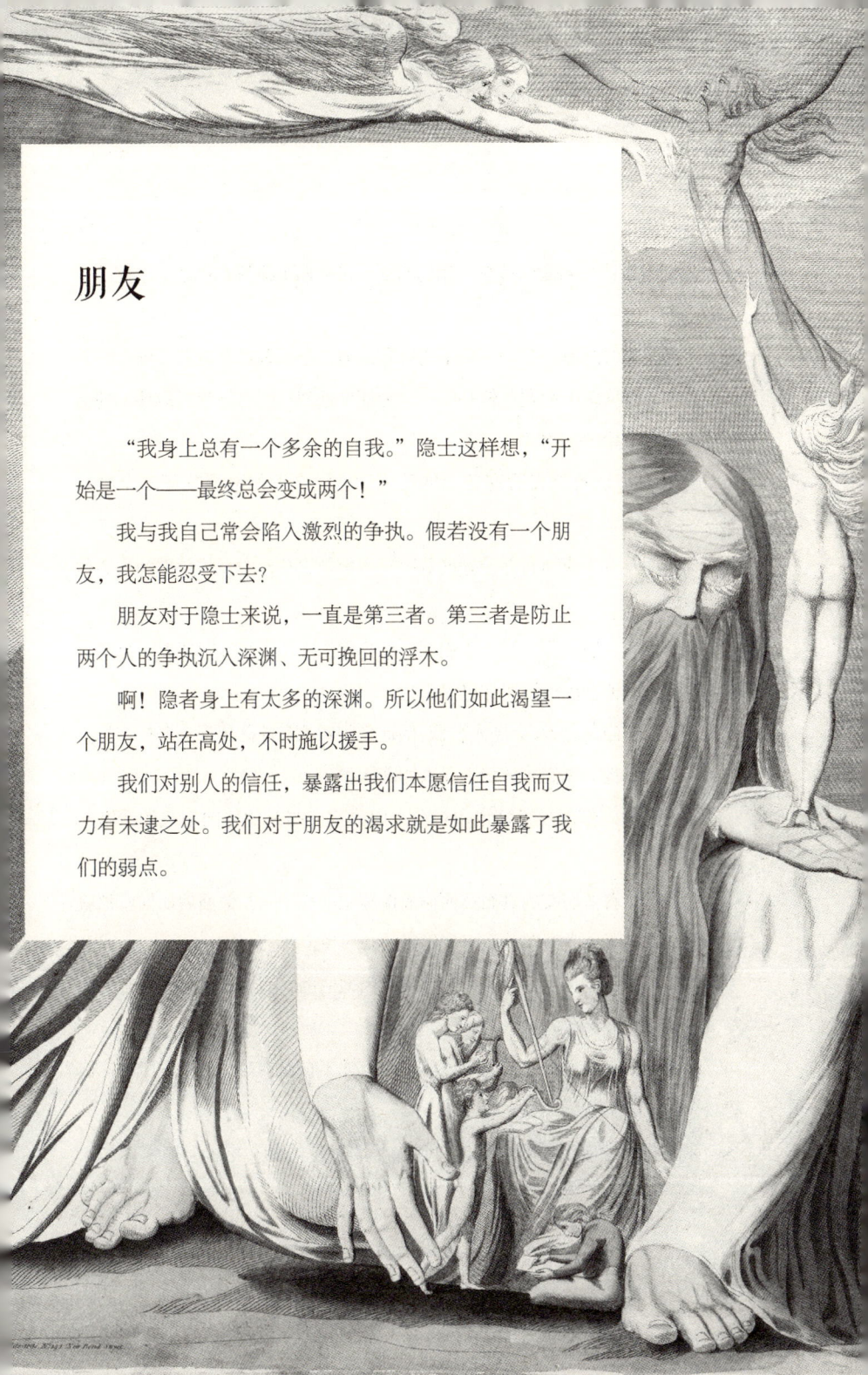

朋友

"我身上总有一个多余的自我。"隐士这样想,"开始是一个——最终总会变成两个!"

我与我自己常会陷入激烈的争执。假若没有一个朋友,我怎能忍受下去?

朋友对于隐士来说,一直是第三者。第三者是防止两个人的争执沉入深渊、无可挽回的浮木。

啊!隐者身上有太多的深渊。所以他们如此渴望一个朋友,站在高处,不时施以援手。

我们对别人的信任,暴露出我们本愿信任自我而又力有未逮之处。我们对于朋友的渴求就是如此暴露了我们的弱点。

我们常常用爱来掩饰嫉妒。我们四处出击，四下树敌，也是为了掩藏自己的脆弱。

"至少为我之敌！"——真正的尊敬说道，它不敢对友谊有非分之想。

如若一个人需要朋友，他必须乐于为朋友而战；因必须为其战斗，他必须具备为其敌手的能力。

一个人必须敬重其朋友身上的敌人。你能亲近你的朋友而不至狎侮他么？

你的朋友身上应当有你最好的敌手。当你与之敌对时，才是你的心离他最近之时。

你不愿意在朋友面前穿上衣服么？你将你的本性裸裎以对朋友，算是对他的尊敬么？他会因此诅咒你见鬼去！

完全没有隐私之人，会令人震惊，因此你们对裸身裸体感到恐惧！是的，只有当你们是神，你们才会羞于以衣物蔽体。

为朋友故，你怎样盛装也不过分：因为你应当是他射向超人的箭镞与憧憬。

你曾为了看清朋友的真面目而偷看他睡觉的样子么？他面貌如何？那就是你自己的尊荣，映照在一面粗劣破损的镜子里。

你曾看过朋友睡觉的样子么？你没有因他的面容而震惊么？啊，我的朋友，人是应当被超越的。

身为朋友，应当善于揣度而缄口不言，你不会希望对一切了如指掌。你的梦会告诉你朋友醒时的作为。

你的同情也应当是一个揣度：首先得明了你的朋友是否愿接受你的同

情。也许他更喜欢你无动于衷的眼睛和冷峻如铁的面容。

对于朋友的同情应当藏于硬壳之中，这硬壳能折断你的牙齿；如此，它才是美妙与甜蜜的。

你能给朋友提供新鲜空气与孤独、面包与药物么？许多人不能除去自身的枷锁，却能给朋友自由。

你是一个奴隶么？那么，你不能成为朋友。你是一个暴君么？那么，你不能拥有朋友。

很久以来，女人身上隐藏着一个奴隶和一个暴君。因此女人不懂得友谊，她只懂得爱情。

爱情中的女人对于她不爱的一切充满偏见与武断。就是在女人清醒的爱情里，和光明伴生的，总有攻击、闪电与黑夜。

妇人仍然不懂得友谊。她们仍然是猫，是鸟儿。或者最佳情况下，是牝牛。

妇人仍然不懂得友谊。但是，请告诉我，你们这些男子，谁又懂得友谊呢？

啊！你们这些贫乏的男子！你们悭吝的灵魂！你们所能奉献给朋友的，我宁愿赠与仇敌，也不会因此而比你们贫乏。

志同道合便会催生友谊！

查拉图斯特拉如是说。

一千零一个目的

查拉图斯特拉曾到过许多地方，看过许多民族，他看过了许多民族的善与恶。查拉图斯特拉没有在世上发现比善恶更伟大的力量。

任何民族没有其判断价值，便不能生存。如果它要自立于民族之林，它的价值判断标准，应当与邻族截然不同。

许多这一民族称为善的事物，另一民族却视为可耻而加以轻蔑：这是我发现的。我还发现此处斥之为恶的，在他处却身披荣耀的紫袍。

邻人之间决无可能彼此了解。人们的灵魂常常对邻人的愚妄与恶毒感到大惑不解。

每个民族的头顶皆高悬指示善道的石板。看！那是此民族的辉煌战绩；看！那是此民族权力意志的呼声。

他们赞颂一切不易成功的事物；他们将不可或缺的艰难困苦称之为善；那不世出而能拯救人于水火的、独一无二而又艰险无比的——便被揄扬为神圣。

那使其主宰、征服而荣耀一切，且激起邻族恐怖嫉妒的事物，他们便认为这事物是万物中至高至重的，系万物的标准和意义于一身。

是的，我的弟兄，假若你已经看清一个民族的需要，看清它的土地、天空与四邻，你就会猜出它胜利的法则，就会知晓它攀登而上以臻其理想的阶梯为何是那一个。

"你应当超越别人，永居首位：你好胜的灵魂，不应当爱任何人，除了朋友以外。"——此言使一个希腊人的灵魂战栗，他循此走上伟大路途。

"说真话，且谙于弓箭之道。"——这句话是我的名字所属的民族认为可贵而难行的——这名字[1]对我来说同样可贵而沉重。

"使父母荣耀，从内心最深处顺从他们。"另一个民族[2]在其人民头顶高悬这箴言而保持了强盛不衰。

"恪守忠诚。为忠诚可以流血牺牲或丧失荣誉，哪怕是为了险恶的目的，亦在所不顾。"另一个民族[3]以此言为训，从而超越自身，孕育了伟大厚重的希望。

人类的善与恶由自身创造。不是人们自别处拿来的，也不是偶然发现的，更不是从云霄降下的天堂之声。

人类为了维护自身而给万物指定价值。——他们创造了万物的意义，来自人类的意义。因此他们自称"人"。也就是价值的评定者。

评定价值即是创造。听着，你们这些创造者！评价便是一切有价值事物中的奇珍异宝。

价值唯有通过评价而存在。没有评价，存在的坚果就只是一个空壳。听着，你们这些创造者！

价值的变换——那即是创造者的变换。唯有时常破坏才成其为创造者。

民族是最初的创造者，后来才轮到个人。是的，个人本身也是最近才被创造出来的。

1　查拉图斯特拉，波斯语中意为金星，象征珍贵而难以达到的理想。
2　犹太人。
3　日耳曼人。

从前，民族在自己头顶高悬起指示着善的法典。统治之爱与遵从之爱共同创造了这一法典。

人群的福祉，先于"自我"的快乐而存在。当良知是为群体利益服务的时候，"自我"只能是对良知的违背。

狡诈无情的"自我"，在大多数人的利益里找寻个人利益。它不是群体的起源，而是群体的衰亡。

从来总是热爱者与创造者在创制善与恶。爱火与怒火在一切道德之名里熊熊燃烧。

查拉图斯特拉曾到过许多地方，看过许多民族：他没有在世上发现比热爱者的创作更伟大的力量：善与恶便是这作品的名称。

这褒贬劝阻之力是一只怪物。告诉我，弟兄，谁能为我将它制服？谁能将一条锁链套上这头怪兽的一千个脖颈？

迄今为止，我们曾有一千个目标，因为存在一千个民族。但是那套在一千个脖颈上的锁链却尚告阙如，那独一无二的目标同样阙如。人类仍然没有目标。

但是，告诉我，我的弟兄：若目标不存，人将焉附？

查拉图斯特拉如是说。

睦 邻

你们忙着与邻人交往，你们为此不吝甜言蜜语，但我告诉你们：你们对邻人的爱，是你们在以错误的方式自爱。

你们拜访邻人，借以逃避自己，你们想把睦邻当成一种美德，但是我看穿了你们这种"无私忘我"。

"你"这个字眼比"我"古老得多；"你"已早被抬上神坛，而"我"还不曾，所以世人忙着与他的邻人交好。

我会奉劝你们爱邻人么？我宁愿奉劝你们逃避邻人而爱远方之人！

爱远方之人，爱将来之人，胜于爱邻人；爱事物，爱幽灵，也胜于爱人类。

我的弟兄，这跑在你前头的幽灵，比你美好得多。为什么不把你的肉与骨交付给它？但是你害怕，于是你逃往邻人家里。

你们无法忍受自我，你们不能充分地热爱自我：所以你们以爱去迷惑邻人，以他的错误为自己镀金。

唯有当你们不能忍受任何邻人之时；你们才会为自己创造出一个朋友和他丰盈横溢的心。

当你们想自我夸饰时，你们便需要一个听众；如果你们能诱使他对你称颂有加，你们心里便也信以为真，对自己称颂有加。

对自己一无所知之人比尚有自知之明之人更爱撒谎。你们也是如此，说着谎言欺骗你们的邻人。

　　傻人如是说："人际交往有害于一个人的品格，尤其是对全无品格的人。"

　　这人进出邻家，是为了寻找自己；别的人进出邻家，是为了丢弃自己。你们错误的自爱，使你们的孤独成为自己的监牢。

　　为你们这种邻人之爱付出代价的，是不在场的远方之人。每当你们有五个人聚集在一起时，总有第六个人要成为牺牲品。

　　我也不喜欢你们那些节日庆典。我发现有太多优伶在那种场合出没，便是旁观者的行为，也如优伶一般。

　　我不会教你们爱邻人而要教你们去交友，就让朋友成为你们大地上的节庆与超人的预兆吧。

　　我教给你们怎样结交朋友，结交他们满溢的心。如若你们想被满溢的心所爱，你们应当知晓如何成为一块海绵。

　　我教给你们结交怎样的朋友，他们内心珍藏着完备的世界，外表也同样和善美好——这创造性的朋友，他们总是将那完备的世界慷慨奉赠。

　　世界生生不息地为他舒展，又为他卷起，就像由恶到善、由偶然到目的的演变一样。

　　让远方之人和将来之人成为你今日一切作为的动机吧。你应当爱你朋友身上的超人，并以之作为你的动机。

　　弟兄，我不会奉劝你们去爱邻人；我要奉劝你们去爱远方之人。

　　查拉图斯特拉如是说。

创造者之路

你愿意走入孤独中去么，我的弟兄？你愿意寻求自己的道路么？请稍候片刻，让我来跟你说几句。

"寻觅者易于迷失自我，一切孤独都是错误。"人群如此说道。你曾从属于这样的人群很久。

但人群的声音仍然在你心头萦绕，有一日，当你说出"我不再和你们同心同德"时，那一定是忧伤和痛苦的。

瞧，这痛苦是由那人群的共同意识造成的，而这共同意识的影响自始至终都体现在你身上，它的微光至今在你的烦忧中闪烁。

但你仍愿走向这烦忧之路，走进寻求自我的路途么？那么就展现你的权利与力量吧！

你具有焕然一新的权利和力量么？你是第一动因么？你是自转之轮么？你能迫使星辰环绕你转动么？

唉！向上攀爬的欲念如此之多，扭曲痉挛的野心不计其数，向我展现出你并非一个利欲熏心之徒！

唉！那么多大而无当的思想，与风箱并无二致，越是膨胀，越是显其空虚。

你自以为是自由的么？那么我想听听你支配着的思想，而不仅仅是你从枷锁下的逃脱。

你是那有资格摆脱枷锁之人么？许多人在逃离奴役的同时也失去了他最

终的价值。

摆脱什么而获取自由——这对查拉图斯特拉来说有何紧要？但你喷火的双眼应该告诉我的是，为了什么而寻求自由。

你能为自己制定善恶的标准么？将你自己的意志如同律法一般高悬于头顶么？自己据此律法审判自己，惩罚自己么？

集法官与惩罚者于孑然之身是可怕的，如同星辰置身于广漠无垠的太虚、孤独凛冽的大气中。

现在，你这个体依然因人群而受难；现在，你的勇气与希望依然未曾稍减。

但终有一日，你会因孤独而疲倦不堪，你的尊严将会屈服，你的勇气将会颤抖；终有一日，你会大喊："我如此孤独！"

终有一日，你将再也看不到自己的崇高，却将自己的卑微看得一清二楚，而崇高如同魑魅一样使你惊吓，你会大喊："一切都是谬误！"

有一些情感试图杀死孤独者，如若它们不能得手，那么这些情感自身就得灭亡。但你有能力去消灭它们么，就像一个谋杀犯？

我的弟兄，你了解"蔑视"这个词么？你能体会那给蔑视自己之人以公正待遇的苦涩滋味么？

你迫使许多人对你另眼相看，因此招致他们对你严重不满；你走近他们身边却又径直离去，因此他们永不原谅你！

你超越了他们，你飞升得越高，在嫉妒者的眼中就越发渺小，而那些腾空而起的人是最遭人忌恨的。

"你们怎么可能公正地对待我！"你必须这样说，"我要把你们对我的不公正当作我的分内之事！"

他们施予孤独者的是不公与污蔑，然而，我的弟兄，如果你是星辰，又岂会介怀，你必须一如既往地照耀他们！

保持警惕，对善良与公正。他们会将那些自创道德之人钉上十字架——他们憎恨孤独者。

保持警惕，对所谓神圣的单纯。对他们来说不单纯的就是渎神的。他们喜欢玩那些柴堆与烈火的把戏，以烧死异端。

保持警惕，对爱意的侵袭。隐士常常太易于向不期而遇之人伸手示好。

很多人不值得你伸出热情的手，对他们只须伸脚，最好那脚上还长着利爪。

但你可能遇到的最坏敌人永远是自己，你总是潜伏在洞穴与森林里，随时准备袭击自己。

你这孤独之人，走在寻求自我的道路上，这条道引领你经过你自己和你的七个魔鬼身旁向前而行。

你将成为自己的异端，成为自己的巫师、相士、傻子、怀疑论者、亵渎者、恶棍。

你必须准备好在自己的烈火中自焚，如若你不先变成灰烬，如何才能获得你的新生？

你这孤独之人，你走的是创造者之路，你要从这七个魔鬼中创造一个新上帝。

你这孤独之人，你走的是热爱者之路，你热爱自己，因此也蔑视自己。只有热爱者才能真正地蔑视。

热爱者因为蔑视而渴望创造！如若他不能蔑视他所爱的，那他又能懂得什么是真正的爱？

我的弟兄，带着你的爱和创造力走入孤独吧，公正自会跟在你身后蹒跚而行。

弟兄，带着我的泪水走入孤独吧，我爱那些为追求超越自己不惜付出生命的人。

查拉图斯特拉如是说。

老妪与少女

查拉图斯特拉，你为什么要在暮色四合中偷偷地赶路？你在外套底下小心翼翼地藏着什么物件？

是别人送你的宝物呢，还是你亲生的婴儿？抑或是你正干着贼人的勾当，你这魔鬼之友？

是的，我的弟兄。查拉图斯特拉说，这真是别人给我的宝物，是我携带的一个小小真理。

但它是如此淘气，有如顽童，如果我不捂住它的嘴，它一定会大声尖叫。

今天我独自在路上漫步，当太阳即将落山时，我遇到了一位老妪，她对我的灵魂如是说道：

"查拉图斯特拉也曾给我们女人讲过很多话语，但他却从未谈及有关女人的问题。"

我回答她："有关女人的问题，我从来只与男人谈论。"

她说："也对我讲讲女人吧，我已经够老了，很快会忘记你说的一切。"

于是我满足了这位老妪的请求，并如是说道：

有关女人的一切都是谜，有关女人的一切也只有一个答案——那就是生育。对于女人来说，男人只是一种工具，而目的无外乎孩子，

但女人对于男人来说又是什么呢?

真正的男人只需要两样事情:危险与游戏。职是之故,男人需要女人,作为他最危险的玩物。

男人应当被训练来作战,而女人应当被训练为战士的消遣品。除此之外的安排都是愚不可及的。

战士不喜欢太甜的果子,职是之故,他们喜欢女人——即便是最甜美的女人也带着苦味。

女人比男人更了解孩子,但男人比女人更像个孩子。

真正的男人,内心潜藏着一个孩子:它想要玩耍!那么,女人们,去男人那里,找出他们那个他们内心的孩子!

让女人成为玩物,纯洁无瑕而精致美好,如同一颗宝石,闪耀着那未来世界的美德之光。

让那星辰的光芒在你的爱中闪耀,让你的希望说:"愿我诞育超人!"

让你们的爱充满勇气!用你们的爱击退那些使你们恐惧的人!

让你们的爱充满荣耀!尽管女人不知荣耀为何物,但以此为你们的荣耀吧:永远爱人更甚于被爱,且绝不后人。

让男人害怕爱着的女人!此时她们愿意为爱做出一切牺牲,将除此之外的都看作一钱不值。

让男人害怕恨着的女人!因为在男人的灵魂最深处,只是罪恶,而女人则是卑劣。

女人最恨的是谁?就如铁对磁石说:"我最恨你,因为你吸引了我,但你又无力使我吸附于你。"

男人的快乐是"我想要",女人的快乐则是"他想要"。"瞧！这下整个世界都完美了！"当每个女人以全心全意的爱听命于她的男人时，都会作如是想。

女人必须服从，以此为她的肤浅寻找深度。女人的灵魂是全然的肤浅，就如浅水表面上那层飘荡无定的薄雾。

男人的灵魂则如此深沉，就像地下岩洞里轰鸣澎湃的激流，女人能感觉到它的力量，却不会理解它。

然后那位老妪回答我说："查拉图斯特拉说出了很多金玉良言，尤其是对于那些年轻的女人来说。

"颇为奇怪的是，查拉图斯特拉对女人知之甚少，但这一席关于她们的话头却准确无误。原因是不是正在于：对女人来说，一切皆有可能？

"现在你应当以感激之情接受一个小小的真理！我已经够老，足以直言无隐地将它说出。

"但你要小心地将它纳入襁褓，并且捂好它的嘴，否则这个小小的真理会大声尖叫！"

"女人，给我那个小小的真理吧！"我说。那老妪便如是说道：

"你要到女人那里去？别忘了带上鞭子！"

查拉图斯特拉如是说。

毒蛇之噬

　　有一天，查拉图斯特拉在一棵无花果树下睡去。因为天气炎热，所以他用手臂遮盖着脸。一条毒蛇爬过来，在他的脖子上咬了一口，于是查拉图斯特拉疼得尖叫起来。他将手从脸上移开，注视着这条毒蛇。那蛇也认出了查拉图斯特拉的双眼，于是它窘迫地扭动着身躯，想要逃跑。"不要走，"查拉图斯特拉说，"我还没感谢你。多亏你及时叫醒我，我的旅程还很遥远。""你的旅程没多长了，"蛇悲伤地说："我的毒液是致命的。"查拉图斯特拉微微一笑。"你几曾见一条龙死于一条蛇的毒液？"他说，"不过还是收回你的毒液吧，你也没有多到足以与我分享。"于是那条蛇又一次爬到他的脖子上，帮他舔舐伤口。

　　当查拉图斯特拉给他的门徒讲这个故事时，他们问道："查拉图斯特拉，这个故事有什么道德寓意？"查拉图斯特拉如是答道：

　　"善人和义人们称我为道德的破坏者，所以我的故事并无道德可言。

　　"只是，当你们有敌人时，不要试图以德报怨，因为那样会使他羞耻。你不如向其证明他对你做了件好事。

　　"与其让人羞耻，不如干脆发怒！如若你们受到诅咒，我不希望你们报之以祝福，不如也还他少许诅咒！

　　"如果一个极大的不公被施加在你身上，那么赶紧以五个小的不公来回击，独自承受不公是一件丑陋的事。

"你是否知道？跟对方分享你身受的不公就是半个公正，那能容忍不公的人就应该将不公背负于己身。"

一个小小的报复比全不报复更人性，如果惩罚对于违法者来说既非权利也非荣誉，那我就不会喜欢你的惩罚。

自承错误比证明自己的正确更为高贵，特别是在你本就正确的时候。只是，这样做需要一个足够丰盈的灵魂。

我不喜欢你们冷酷的公正。从你们的法官眼中，我总是能捕捉到刽子手的冷酷和他手中冰冷钢刀的寒光。

告诉我，在哪里能找到公正，它同时也是目光澄澈的爱？

请给我创造出不仅承担一切惩罚，也承担一切罪恶的爱吧！

请给我创造出除法官以外一切人皆得赦免的公正吧！

你们还要听这样的话么？对那些发自内心追求公正的人来说，即便谎言也能变成对他人的友善。

但是我怎样发自内心地公正？我怎样给予每个人他所需的一切呢？那么做到这一点对我来说也许就够了：将我自己的一切给予每个人。

最后，我的弟兄，千万小心别对隐士做错事，一个隐者怎么会忘记呢？他会怎样地报复？

隐士就像一口深井，扔一枚石块进去轻而易举，但如果石块沉了底，告诉我，谁又能再把它取出来？

千万小心别伤害隐士！如若你已经这样做了，不如干脆把他杀死！

查拉图斯特拉如是说。

孩子与婚姻

我的弟兄，我要单独问你一个问题，这个问题就如测深的铅锤，我可借此探测你灵魂的深度。

你很年轻，你渴望孩子与婚姻，但我问你，你够资格希求一个孩子么？你是胜利者么？你是自我的征服者么？你是自身激情的支配者以及道德的主宰么？我要这般问你。

是一头动物在诉说你内心的愿望与需要、孤独与混乱么？

就让你以胜利和自由的名义渴望一个孩子，你应当为自己的胜利和自由建造一个活生生的纪念碑。

你所建造的要超越自己，不过你首先要建造你自己，建造你自己方正坚固的肉体和灵魂。

你繁衍生命不仅是为了使其不断延续，更是为了使其不断向上。若是为着这一目的，婚姻的殿堂可以帮助你。

你应当创造更高级的身体，创造第一动力，创造自转之轮——你要创造一个创造者。

婚姻，我称之为一种两个人想要创造出超越他们自身之人的意志。相敬如宾地实践这种意志，我称之为婚姻。

让这一点成为你婚姻的意义和真理吧，但是那些众多的多余人所称的婚姻，那些多余的婚姻，我应称之为什么呢？

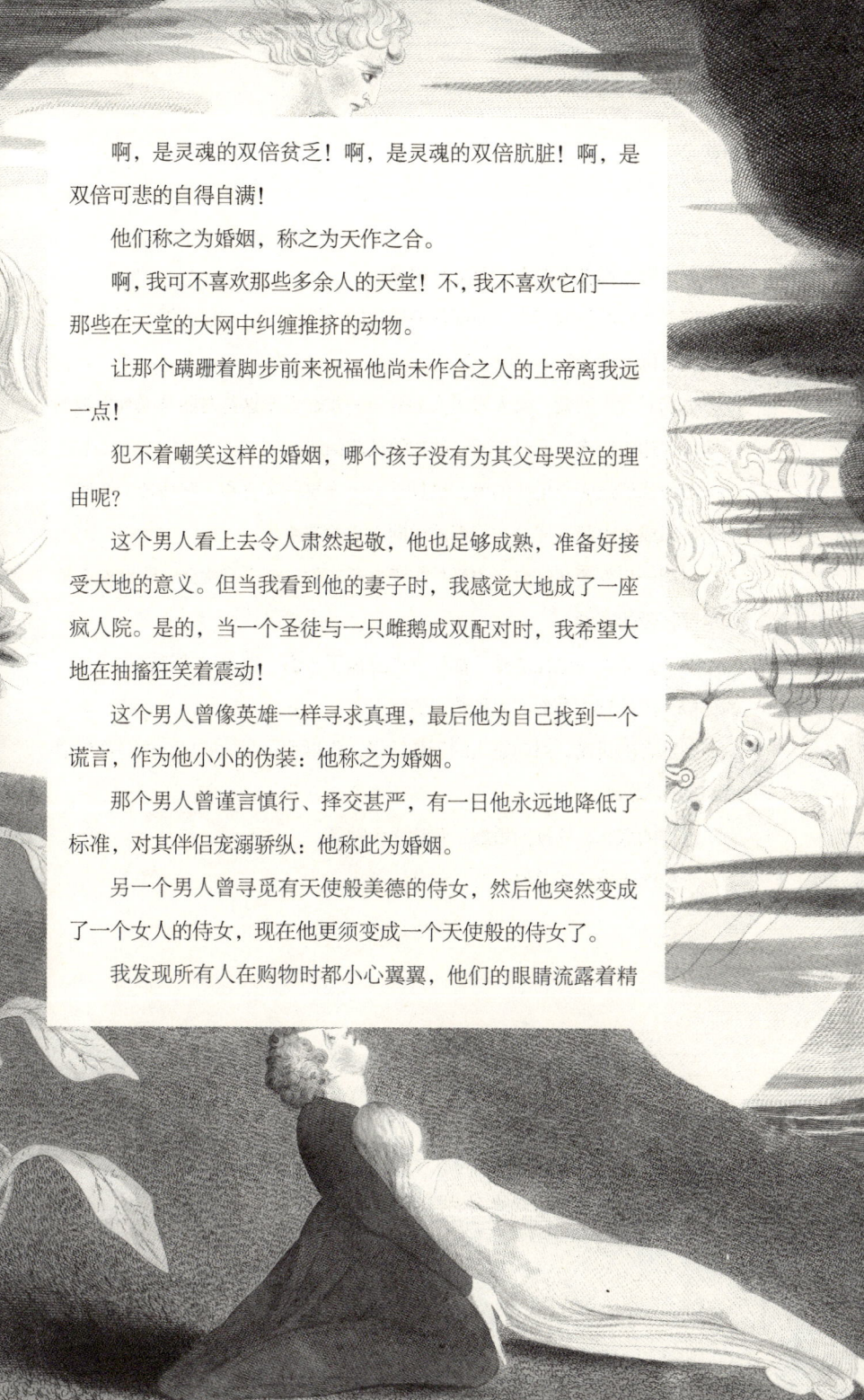

　　啊，是灵魂的双倍贫乏！啊，是灵魂的双倍肮脏！啊，是双倍可悲的自得自满！

　　他们称之为婚姻，称之为天作之合。

　　啊，我可不喜欢那些多余人的天堂！不，我不喜欢它们——那些在天堂的大网中纠缠推挤的动物。

　　让那个蹒跚着脚步前来祝福他尚未作合之人的上帝离我远一点！

　　犯不着嘲笑这样的婚姻，哪个孩子没有为其父母哭泣的理由呢？

　　这个男人看上去令人肃然起敬，他也足够成熟，准备好接受大地的意义。但当我看到他的妻子时，我感觉大地成了一座疯人院。是的，当一个圣徒与一只雌鹅成双配对时，我希望大地在抽搐狂笑着震动！

　　这个男人曾像英雄一样寻求真理，最后他为自己找到一个谎言，作为他小小的伪装：他称之为婚姻。

　　那个男人曾谨言慎行、择交甚严，有一日他永远地降低了标准，对其伴侣宠溺骄纵：他称此为婚姻。

　　另一个男人曾寻觅有天使般美德的侍女，然后他突然变成了一个女人的侍女，现在他更须变成一个天使般的侍女了。

　　我发现所有人在购物时都小心翼翼，他们的眼睛流露着精明强干，但他们在买进妻子时却很糊涂。

许多短暂的愚蠢行为——即你们所谓的爱情。它们往往因婚姻而宣告结束，代之以一件长期的蠢举。

你们对女人的爱，女人对男人的爱——唉，但愿这是对隐身受难之神的同情，但通常说来，不过是两只动物的彼此相遇。

即便你们最无与伦比的爱，也只是一个狂喜的寓言和一阵痛苦的激情，但它可以成为火炬，照亮你们面前通向上方的道路。

有朝一日你要超越自己去爱！在那之前，你先要学会去爱，为此你必须饮尽那杯爱的苦酒。

即便是最无与伦比的爱，那杯中也盛满了苦酒。因此它才激起你对超人的憧憬，因此它才令你产生创造者的饥渴。

创造者的饥渴，射向超人的箭和憧憬，告诉我，我的弟兄，这是你想要婚姻的意志么？

这样的意志，这样的婚姻，我称之为神圣。

查拉图斯特拉如是说。

自愿的死亡

许多人死得太迟，有一些人则死得太早。而"死得其时"这条格言听起来似乎有些奇怪。

死得其时，查拉图斯特拉就是如此教导人的。

然而不可否认的是，那些没有在恰当的时间生活的人，又怎能在恰当的时间死亡？我要如此建议那些多余的人：但愿他从来就没出生！

但即便是多余人也对他们的死郑重其事，就如即便是内在空空如也的坚果也愿被夹碎。

每一个人都把死亡当作了不得的事，但死亡并非一个节日。人们还没有学会如何举办一个最激动人心的节日。

我要教给你们何谓完美的死亡，那即是对生命的激励与承诺。

那些使其生命完美谢幕的人，死在胜利之后，被簇拥在希望与承诺之中。

因此，一个人应该学会如何死亡。如若他没有将其死亡奉献给他生命的誓言，就不配享有死亡的庆典。

这样的死亡是最好的。其次是在战斗中死去，为伟大的精神而牺牲。

但最为征服者与胜利者所憎恨的是那狞笑着的死亡，它就像贼人一样偷偷接近你，还装出一副生命主宰的模样。

我要向你颂扬我的死亡，这是自愿的死亡，它的降临是因为我想要它。

但我什么时候想要它呢？——有了目标和继承者的人自会合适的时间死

去，这样做正是为了其目标和继承者。而且出于对目标与继承者的尊重，他不愿再戴着那已枯萎的花环在生命的圣所流连不去。

我也不愿模仿编绳子的人。自他们手中钻出的细绳越长，人就后退得越远。

很多人对于他的真理与成功而言都活得太久。牙齿掉光了的嘴是没有资格再宣示任何真理的。

一个人越想要名望，就越应当放弃荣誉，而最难做到的是，在恰当的时机放弃。

一个享用过了最美味肴馔的人必须停止饕餮，那些想被长久爱戴的人明了这一点。

毫无疑问，酸苹果的时机得等到秋末才会到来，同时它也会变熟，变黄，直至萎缩。

有些人是心脏首先老去，有些人则是精神先衰，有些人少年白头，而保持青春活力之人总是驻颜有术。

对很多人来说，生命是一种失败，如同一条毒虫在其心中不断咬噬。那么不妨让他们知道，他们的死亡不啻于一种成功吧。

很多果子永远不会变甜，它们在夏天就已开始腐烂，是怯懦让它们紧紧抓住了枝条。

太多的多余人活在世上，他们也像果子一样在枝头挂得太久。但愿来一场暴风雨，将这些腐烂生虫的果子统统摇落！

但愿有关于速死的说教者前来，他们即是这摇撼生命之树的暴风雨。但我只听到关于缓慢死亡的说教，所谓"好死不如赖活"，所谓忍耐"尘世"。

　　你们鼓吹要忍耐"尘世"么？"尘世"已忍耐你们太多，你们这些亵渎者！那个希伯来人死得太早了，那个缓慢死亡的说教者，对很多人来说他的早死不啻于一种灾难。

　　他所知道的只有眼泪，只有希伯来人的哀伤，只有善人与义人的憎恨。于是，这个希伯来人的耶稣突然生起对死亡的渴念。

　　但愿他仍默默无闻，不为世人所知，并且远离善人与义人。这样，也许

他能学会生活，热爱大地，喜欢开怀大笑。

相信我吧，我的弟兄们，他死得太早了，如果他活到我这个年龄，他会主动放弃他的教义。他会有足够的高贵来放弃。

但事实并非如此，他仍是不成熟的。他不成熟地爱着，同时也不成熟地恨着人类与尘世。他的灵魂和精神的翅膀仍然拘束而笨拙。

但是成年人比年轻人拥有更多的童真，更少的悲伤，他们更明了生与死的意义。

自由地活，自由地死。当一味肯定的时代已过，神圣的否定者就理解了生与死。

你的死不是对人类与尘世的谴责，我的朋友，我向你们甘甜的灵魂祈求。

在你的死亡中，你的精神与美德仍像笼罩大地的夕阳余晖一样闪耀。否则，你就死得太糟了。

我将这样死去。而你们，我的朋友，将会因为我的原因更爱大地。我将再一次变成大地的一部分，在那生我的地方休憩。

查拉图斯特拉有一个目标，他抛出了他的金球。而你们，我的朋友，现在就是我目标的继承者，我把这金球抛给你们。

我的朋友，我最乐于看见的就是你们抛掷那个金球的情景。为此我要在人世再停留一阵，请原谅我。

查拉图斯特拉如是说。

赠予的美德

当查拉图斯特拉恋恋不舍地离开斑牛镇时，有好多自称为其门徒之人跟着他，陪伴他前行。这样他们走到一个十字路口，然后查拉图斯特拉告诉门徒，他想一个人前去，因为他喜欢独自行走。道别时，门徒们赠送给查拉图斯特拉一根手杖，在金把手上雕刻着一条缠绕太阳的蛇。查拉图斯特拉非常喜欢，他倚杖而立，对门徒们说道：

请告诉我，金子为什么价值最高呢？因为它难得而无用，闪动着柔和的光泽，同时它总是在赠予。

只有在作为最高道德的象征时，金子才具有了最高的价值。那赠予者的目光如金子般闪烁。金子的光泽一如日月光辉的平和。

最高的道德是难得而无用的，它闪动着柔和的光泽。赠予的道德是最高的道德。我很理解你们，我的弟子们，你们像我一样追求赠予的道德。然而你们与猫和狼有何相似之处？

你们渴望着令自己变成牺牲和礼品，也如此渴望在灵魂深处中储积所有的财富。

你们的灵魂对奇珍异宝的追求是永难餍足的，因为你们渴望赠予的道德也永不知足。

你们迫使一切流向你们，为你们所吸收，以便有一日再将它们从你们的泉源中拿出来，作为爱的礼物去赠予。

这种赠予之爱一定会变成所有价值的窃取者，但我称这种自私为健康与神圣。

另外有一种自私，它是贫窭饥馑的、病态的，因而它常常偷盗。这种自私就是不健康的。病态的自私。

此种病态的自私用窃贼般的眼光睃视着一切发光的东西，用饥饿的渴望打量着富而有余的人，它总是围绕着赠予者的桌腿匍匐爬行。

这种渴望喃喃诉说着疾病和无形的退化，这种自私的窃贼般的渴望诉说着一具病态的身体。

告诉我，我的弟兄，我们认为什么是恶，什么是一切恶中的最恶？不就是退化么？当赠予的灵魂匮乏时，我们就疑心那是退化的开始。

我们走的是从人进化到超人之路，是以那退化的感觉让我们恐怖，它宣称："一切为我自己。"

我们的意识向上飞升，这是一种比喻，我们肉体飞升的一种比喻，此类飞升的象征便是各种美德的名号。

肉体不断变化，不断战斗，贯穿历史而不断前行。其间精神对肉体来说是什么？是它战斗与胜利的先锋，是它的伙伴和共鸣。

所有善与恶的名号都是一种比喻，他们从不直说，只是暗示。只有傻瓜才从这种比喻中寻求知识。

注意，我的弟兄，当你们的精神要用比喻来表达意思时，那即是你们道德的肇端。

那是你们肉体的飞升与矗立，你们的精神也因它的狂喜而欢呼雀跃。它变成了创造者、估价者、爱人者、万物的赠予者。

当你们的心像宽阔的大河一样泛滥时，这对于住在低洼处的人来说，既是福祉也是险情。这即是你们道德的肇端；

当你们将一切毁誉抛掷脑后时，你们的意志便会驾驭一切，就像一个爱人者的意志，这即是你们道德的肇端；

当你们蔑视娱乐与软和的睡床，而且避之唯恐不及时，这即是你们道德的肇端；

当你们志同道合时，而每一种必须的改变皆是你们的当务之急时，这即是你们道德的肇端；

是的，这是一种崭新的善与恶，一种崭新的呢喃低语，一种崭新的泉源之声。

这个新道德是力量。它是统治的思想，围绕着它的是一个敏锐的灵魂：如同一轮金色的太阳，那知识之蛇缠绕着它。

说到这里，查拉图斯特拉停顿了片刻。他慈爱地看着他的门徒们，然后以有些改变的声音继续如是说道：

弟兄们，用你们道德的力量保持对大地的信仰，让你们的赠予之爱与全部知识都具有大地的意义。我如是祈祷并恳求你们！

不要让它们飞离地面，不要让它们用双翅不断拍打永恒之墙。啊！总有那么多想要飞离地面的道德！

如我一样，把那些飞走的道德引回地面，让它们回到肉体与生命，如此才能赋予大地以它的意义，人类的意义。

迄今为止，人类的精神与道德已逃逸和跌倒过千百次。在我们的身上依然存在着这所有的荒谬和跌伤，它已成为肉体和意志的一部分。

迄今为止，人类已经尝试并且失败了千百次。是啊，人类就是一种尝试。啊，不计其数的无知与谬误已化为了我们自身的一部分。

不仅是千年来的理性，还有它的疯狂，都生发于我们的呼吸之间。做个这样的继承人是危险的。

我们仍然一步一步地在与"机会"这个庞然大物作斗争。迄今为止，整个人类依然被谎言和无知统治着。

将你们的精神与道德奉献给大地的意义吧，我的弟兄，让一切价值皆由你来重新评定吧！因此你要做战士！因此你要做创造者！

肉体以知性净化自身，并尝试以知性提升自身。求知者将其一切本能冲动都神圣化，而超越者的灵魂充满喜乐。

大夫，请医治你自己吧，如此你才能医好你的病人。让他们亲眼目睹自己的痊愈就是最好的治疗。

有上千条道路尚未被踩踏过，有上千种有益健康的资源和隐藏的生命之岛尚未被发现。人类及整个世界尚未被充分利用和开发。

醒来听我说吧，你们这些孤独的隐者！风挥着隐秘的翅膀从未来飞来，向耳聪之人宣示好消息。

你们这些今日的孤独者，你们这些离群索居的隐者，总有一日你们自己会成为一个民族。你们挑选自我，将有一个被挑选的民族自你们中间兴起，而这样的民族将诞生超人。

是的，世界将会成为治愈之地，一种新的芬芳已四处弥漫，这是一种得救的芬芳——一个新的希望！

查拉图斯特拉说完这些话，停顿了片刻，好像还没说完最后一句话似的。他犹疑地掂量把玩了很久手中的手杖，最后，他以有些改变的声音如是说道：

我现在要独自走了，我的门徒们！你们也就此各自散去吧！这是我的意愿。

离我而去吧，更要抵制查拉图斯特拉！最好是以他为耻！没准他欺骗了你们。

智者不仅须爱其敌，更须恨其友。

如果一个人总是做一个亦步亦趋的弟子,这是对其老师的错误报答。——为何你们还不扯掉我的头冠呢?

你们崇拜我,但是当这种崇拜有一天崩溃了怎么办? 小心不要葬身在坍塌的雕像之下!

你们说,你们信仰查拉图斯特拉? 但是查拉图斯特拉有什么紧要! 你们是我的信徒,但是一切信徒又算得了什么!

你们还没有寻找过自我,因为你们发现了我。信徒皆是如此,故而信仰才如此无关紧要。

现在我要求你们,舍弃我,去寻找自己;只有当你们将我的一切全盘否定,我才会再度出现在你们面前。

真的,弟兄们,那时我将用另一种眼光来看我所失去的人们,我将用另一种爱来爱你们。

有一日,你们将再次成为我的朋友,成为一个希望之子,那时我会第三次与你们相聚,与你们共庆那伟大的正午时分。

那一定是伟大的正午时分,那时人们正处在动物与超人的路途中间,并将其前往黄昏的路途作为最高的希望来庆祝,因为那路途也会通向一个崭新的黎明。

此刻,行九十里者都将祝福自己,因为他即将走完百里,而他们知识的太阳也正位于正午时分。

"诸神都已死去,现在我们要让超人诞生!"——就让这句话成为我们伟大正午的最后意志!

查拉图斯特拉如是说。

持镜的小孩

查拉图斯特拉又回到了群山间，回到了那个孤独的洞穴。远离世人，像一个播种之人一样等待着他的收成，但他的灵魂变得越来越焦躁，渴念他所爱的人们，因为他还要赠予他们很多。合上那曾为爱张开的手，保持赠予者的谦逊节制，这是极难的事。

岁月如水般自这位孤独者身旁流逝，他的智慧不断增长，同时因其丰盈给他带来了莫大的痛苦。

一日清晨，他在玫瑰色的黎明中醒来，躺在床上冥思了许久，最后向他的内心如是说道：

为何我在梦中惊吓着醒来，不是因为一个持镜的小孩来到我面前么？

"噢，查拉图斯特拉，"那个小孩对我说，"看看镜子里的自己吧！"当我看到镜中的自己时，我不由得尖叫起来，我的心感到一阵抽痛。因为我看到的不是我自己，而是一个魔鬼，在扮着鬼脸嘲弄我！

是的，我非常明了这个梦的预兆和警示：我的学说处于危险境地，莠草妄图冒充麦穗。

我的敌人日益强大，他们歪曲我的学说，以致那些我爱过的人也因曾接受我的馈赠而羞耻。

我的朋友们相继走失，是时候去把他们找回来了。

查拉图斯特拉跳起身来，此时他不像是一个为寻找信仰而极度痛苦的人，倒像是一个灵感大发的先知和诗人。他的鹰和蛇用诧异的眼神看着他，因为一阵突如其来的狂喜涌上了查拉图斯特拉的脸容，如同那玫瑰色的黎明。

我这是怎么了，我的动物，我是不是改变了？是不是有一阵狂喜像旋风一样吹袭了我？

我的快乐是很傻，它也会说傻话，但它还很年轻，对它耐心点吧！

喜悦使我受伤，而所有的受难者都会成为我的大夫。

我要再次下山，回到我的朋友当中，回到我的敌人当中。查拉图斯特拉依然可以讲话和赠予，也可以给他所爱的人们献上最好的爱。

我这焦躁的爱将化作溪流奔涌，奔向日出和日落，自沉寂的群山和痛苦的风雨中奔出，将我的灵魂冲进山谷。

我已向往与眺望远方太久，我已被孤独统治太久，但我并没有学会保持沉默。

我已变成惊雷和从巉岩绝壁落下的咆哮溪流，我要把我的言语倾泻到山谷！

让我以爱的激流冲刷那人迹不至的河道吧，一条激流怎会找不到入海之路？是的，我的内心有一个隐秘寂静而丰沛自足的湖泊，但我将以爱的激流带着它一起向前——冲向大海。

我将走上新的征程，使用新的话语，我已像所有的创造者一样厌倦那些陈词滥调，我的精神不会再穿上那些破旧的鞋。

对我来说，言语已显得太过迟缓。啊，暴风雨，让我跳入你疾驰的战车！即便是你，我也要恶狠狠地鞭挞。

我要如一阵呐喊与欢呼般地远渡大洋，直到发现我的朋友逗留的幸福之岛。

　　我的敌人也一定在他们中间，现在我深爱那些可向其倾诉之人，即使是敌人也与我的喜悦休戚相关。

　　当我想跨上我最烈的战马，长矛总是极方便地将我撑起，它是如我双腿一般的忠实仆从。

　　我这投向敌人的长矛啊！我是如此感激我的敌人，因为我可以向他掷出最后一矛。

　　我的乌云如此紧张地酝酿着雷电，在电闪雷鸣的大笑声中，我要将冰雹撒到大地的最深处。

　　我胸中风起云涌，它要以狂风骤雨击打群山，这样才能感到酣畅。

　　是的，我的幸福与自由如暴风雨一样来临，但我的敌人将会以为那是恶魔在其头顶咆哮。

　　是的，我的朋友，你们也会被我的野性惊吓，也许你们将会与我的敌人一起奔逃。

　　啊，但愿我知道如何用牧人的短笛吸引你们回头，我母狮般的智慧会学习如何温柔地咆哮，我们已在一起相互学到了很多。

　　我的狂野智慧在孤寂的群山中孕育后代，在危岩险壁间诞下了孩子中最小的幼崽。

　　现在她在不毛的荒漠里疯狂奔跑，不停寻觅，寻觅那柔软的草地——我这年迈狂野的智慧！

　　在你们内心那片柔软的草地，我的朋友，在你们的爱意中，她将为最钟爱的幼崽搭起安乐窝！

　　查拉图斯特拉如是说。

在幸福之岛

无花果从树梢落下，它们鲜美甘甜，红色的外壳迸裂于坠落之时。而我，就是那将成熟果实吹落入怀的北风。

因此，这些无花果一般的学问落向你们，我的朋友们：现在享用它们的琼浆和鲜肉吧！在这晴空万里的秋日午后。

瞧，我们的周围是何等的丰饶！从这一派丰饶中眺望遥远的大海，当真令人心旷神怡。

从前人们眺望遥远的大海，总要口称"上帝"之名。然而，如今我要教你们口称"超人"！

上帝只是个猜想，我不希望这个猜想超过你们创造的意志。

你们能创造一个上帝么？那么，我请求你们不要再去思考什么诸神，但你们却能创造超人。

也许，你们自身不能成为超人，但你们可以把自己变成超人的父亲或祖父，就以此为你们的最佳创造吧！

上帝是一个猜想，但我希望你们将猜想限制在思考力所能及的范围内。

你们能创造一个上帝么？但是以此为你们求真的意志，以此将一切事物变得可以为人力所推想、看见和感知，依据你们的洞察力，直至终点。

你们所称的这个世界，就应当由你们一手创造，以你们的理智、形貌、意志以及爱，构成这整个世界。这样才是为你们的幸福计，你们这些求知者啊！

　　如若没有此种希望，你们这些求知者如何能忍受
人生？你们绝对不会诞生在一个不可想象或毫无理性
的世界。

　　让我对你们倾吐肺腑之言：如果有神祇存在，我
怎能忍受我不是神？因此，神不存在。

　　是的，这是我曾得出的结论。如今它引导着我。

　　上帝只是个猜想，但谁能饮尽这杯猜想的苦酒而
不死呢？创造者的信仰能被剥夺么？雄鹰的振翅高飞
能被阻止么？

　　上帝是一个念头，它弄直为曲，以是为非。什么？
时间将会流尽，而所有的无常朽灭不过是一个谎言？

　　想想这个就会让人天旋地转，头晕目眩，甚至让
人呕吐。猜想上帝这种玩意，我称之为撒癔症。

　　所有宣称唯一、完全、静止、充足、不朽的学说，
我一概称之为邪恶的、反人类的。

　　所有的不朽都不过是一种比喻，诗人们太爱大言
欺人。

可是最好的比喻应当提及时间与变化，它是对一切无常易朽事物的赞美与辩护。

创造——这是拯救苦难与慰藉生命的最好办法，然而为了创造者的出现，苦难与许多变形的经历都是必不可少的。

是的，在你们这些创造者的生命中必然有许多垂死的苦痛，这样你们才能成为无常的提倡者和辩护者。

为使创造者成为新生的婴孩，他必须成为身怀此婴孩的母亲，并忍受那分娩的剧痛。

我在旅途中穿越了一百多个灵魂，一百多个摇篮，一百多次分娩之痛，我也曾道过许多次再会，我深谙那最后别离时刻的销魂滋味。

但是我创造的意志，我的命运就是如此。不妨更坦白地告诉你，正是这样的命运才是我的意志所渴求的。

我的所有情感都在牢狱中备受煎熬，可我的意志最终会以解放者与慰藉者的身份前来。

意志使人解放，这就是意志与解放的真义。查拉图斯特拉就是如此教导你们的。

不再有意志，不再评判价值，不再从事创造——啊，让这样的虚弱永远远离我！

在认识世界的过程中，我感觉到了意志的诞育与成长的快乐。如果说在我的知识中尚有纯真存在，那便是因为其中有意志在诞育。

远离上帝与诸神，就是这种意志吸引着我。如果诸神存在的话，那还要创造什么呢？

我强烈的创造意志驱使我重新走向人类，如同铁锤的意志是砸向石头。

啊，你们这些人类啊，我想象的一个形象，它深藏在石头里面。啊，它就应当沉睡在最坚实、最丑陋的石头里。

我现在正用铁锤猛烈击打禁锢它的牢狱，石头裂为碎片，四下飞溅，这又有什么干系？

我要完成这项工作，因为那阴影靠近了，那万物中最宁静、最轻盈的影子来到我面前了。

超人之美犹如影子一般向我走来！啊，我的弟兄，现在诸神与我又有什么相干？

查拉图斯特拉如是说。

怜悯者

　　朋友们，我听到你们的朋友中传播着这样的挖苦："看看查拉图斯特拉，他在我们当中漫步，不就像在动物中漫步一样么？"

　　他们这话如果说得更好一些，那就是："求知者漫步在人类之中，就像漫步在动物中一样。"

　　对于求知者来说，人类不过是红脸的动物罢了。他为什么会红脸？难道不是因为有太多次人类必须为自己感到羞愧么？

　　啊，我的朋友！求知者如是说道：羞愧，羞愧，羞愧——这即是人类的历史！

　　职是之故，高贵者绝不会令他人窘迫，他自己却在一切苦难者面前羞惭到无地自容。

　　因此我讨厌那些慈悲者，慈善者以怜悯他人为乐，他们太缺少羞耻之心。

假若我必须表达怜悯，我不愿人们将我与那些慈悲者等量齐观。假若我必须同情他人，我宁愿会站得远远的，宁愿在别人认出我之前掩面而逃。我命令你们也这样做，我的朋友们！

但愿我的命运能常常带领如你们一般的无忧无虑之人踏上我的道路，带领那些能和我分享希望、佳肴和蜜糖的人上路。

我曾为那些受难者东奔西走，但是在我更懂得怎样享受自我时，我才会做得更好。

自人类诞生以来，人就很少真正快乐过。就是这一点，弟兄们，才是我们的原罪。

当我们学会了怎样更好地享受自我时，才会把伤害别人和制造痛苦彻底忘却。

因此，我洗净我帮助过受难者的双手；因此，我擦拭我的灵魂。

在目睹受难者的苦难之后，假若我因为他的赧颜而羞惭，那么在我帮助他时，我会深深伤害他的自尊。

大恩只会换来报复，而非感激。小小的善举若还被人铭记，它终将变成一条不断啃噬的毒蛇。

"腼腆地接受馈赠吧！因接受馈赠而显得与众不同吧！"我这样奉劝那些无可赠予者。

但我是一个赠予者，我喜欢以朋友对朋友的身份赠予。如若是陌生人或穷苦人，不妨自己去摇取我树上的果实，这样他们才不至于太过羞惭。

但是我们应该将乞丐全部清除！无论施舍或不施舍，他们都令人厌烦。

罪人和恶人也应该全部清除，相信我，朋友们，良知的刺会令他们四处叮螫。

但最坏的是卑劣的思想。即便行恶也比卑劣的念头好很多。

诚然，你们会说："一些幻想卑劣罪行的乐趣可能使我们免于犯下大的恶行。"但大恶是无法指望以此来逃避的。

恶行像一个脓疮，它会发痒、肿痛，直至迸裂溃烂。这是它堂皇的声明。

"瞧，我是一种疾病。"恶行说道，好似这是它的荣耀。

可是卑劣的思想像传染的病菌，它爬行，潜伏，又无所不在，直到感染你的全身，使你腐败枯萎。

那些被魔鬼缠身的人，我要对他们附耳低语："最好还是让你身上的魔鬼长大吧，那意味着即便是你们也仍然有一条通往伟大的道路。"

弟兄们，我对每个人都了解得有点过多！他们对我们来说仿佛是透明的，但我们还是无法看穿他们。

在人群中生活何其艰难，因为保持沉默如此艰难。

我们对之不公的，并非那些冒犯我们的人，而是那些毫不相干的人。

假若你有一个受病痛折磨的朋友，那你不妨做他休憩的病榻吧！如一张硬床，一张行军床般，这样你才能为他提供最好的帮助。

假若有一个朋友对你犯错，你不妨告诉他："我原谅你对我所做的一切，但是假若你对自己也这样做，我怎能原谅你？"

一切大爱如是说，它甚至超越了宽恕与怜悯。

人必须握紧自己的心，如果让它逃脱，他们的头脑也会马上失去控制。

啊，世界上还有什么蠢举比怜悯更蠢呢？世界上还有什么比怜悯的蠢举更令人痛苦呢?

一切爱人者如果无法超越他的怜悯,将是何等的可悲!

从前魔鬼曾对我如是说:"上帝也有他的地狱,那就是他对于人类的爱。"

最近我又听到他说:"上帝已死,他死于对人类的怜悯。"

因此小心怜悯吧!它那里还会有沉重的乌云降临在人类头顶,我看得出天气的预兆。

请将此言铭记心头:所有的大爱都超越了怜悯,因为它要创造它所爱的一切。

"我将我自己献给我的爱,对我的邻人也和对我自己也是一样!"这是所有创造者的言语。

然而,所有的创造者,都是严酷无情的。

查拉图斯特拉如是说。

教　士

　　有一次，查拉图斯特拉对他的弟子们做了一个手势，并且说道：

　　"这里有一些传教士，虽然他们是我的敌人，但你们还是收起刀剑，悄悄地从他们身边走过吧。

　　"即便在他们当中也有英雄，他们曾承受过太多苦难，因此他们也要令别人痛苦。

　　"他们是凶狠的仇敌，没有什么比他们的谦恭更具报复心，而且随时准备污染接触他们的人。但是我和他们的血缘有相近之处，因此也曾希望我的血脉因他们而得荣耀。"

　　当他们从教士前面走过之后，查拉图斯特拉突然感觉到一阵痛苦袭来。他在这种痛苦中挣扎了片时，然后说道：

　　"这些教士令我感动，同时也使我厌恶，但自从我漫步于人世以来，这只是个小问题而已。

　　"真正的问题是，我和他们曾承受同样的痛苦，至今依然。对外来说，他们不过是被打了烙印的囚犯，囚禁他们的正是他们口中所称的救世主。

　　"他们被虚伪的价值与愚昧的言辞囚禁。啊，但愿有人把他们从其救世主那里再次拯救出来！

　　"当大海的风浪将他们簸弄飘荡到一个小岛，他们以为从此可以安然无恙，但是看啊！那小岛其实是一个沉睡的怪物。

"而虚伪的价值和愚昧的言辞对世人来说是最危险的怪物，它们长久地沉睡等待命运来临的时刻。

"终于命运降临，它们醒来，吞噬掉一切建筑在它们身上的神殿。

"啊，看看那些教士们亲手建立的神殿，他们将这些芬芳的洞穴称之为教堂。

"啊，这些伪造的光明，发霉的空气！灵魂怎么能在其中飞升到期望的高度？"

然而他们的信仰如此下令："跪在台阶上膝行而前吧，你们这些罪人！"

我宁愿看到一个厚颜无耻之徒，而不愿看那些被负罪的羞愧与献身的狂热所扭曲的眼神。

谁为自己建造了这些洞穴和忏悔的阶梯？难道不是那些羞于见到湛湛青天而一心想自我隐藏的人么？

只有那青天一角再度在破败的穹顶上显现，照亮那断壁颓垣上芜杂的野草和红色的罂粟时，我的心才会再次回到这上帝的窟宅。

他们将与本性截然相反的，并且不断折磨他们的事物称之为上帝，真的，在他们的崇拜里也有英雄的气概啊！

他们根本不知道怎样去爱上帝，除了把人钉在十字架上。

他们宁愿像行尸走肉一样活着，他们把自己的尸身遮蔽在黑袍下，他们的说教也带着藏尸间的恶心腐臭。

与他们相邻的人，就仿佛住在黑色的水池边，蟾蜍在池中以甜美的声调唱着阴郁的歌！

他们应该唱出更悦耳的歌，这样我或许会相信他们的救主，这样他的信

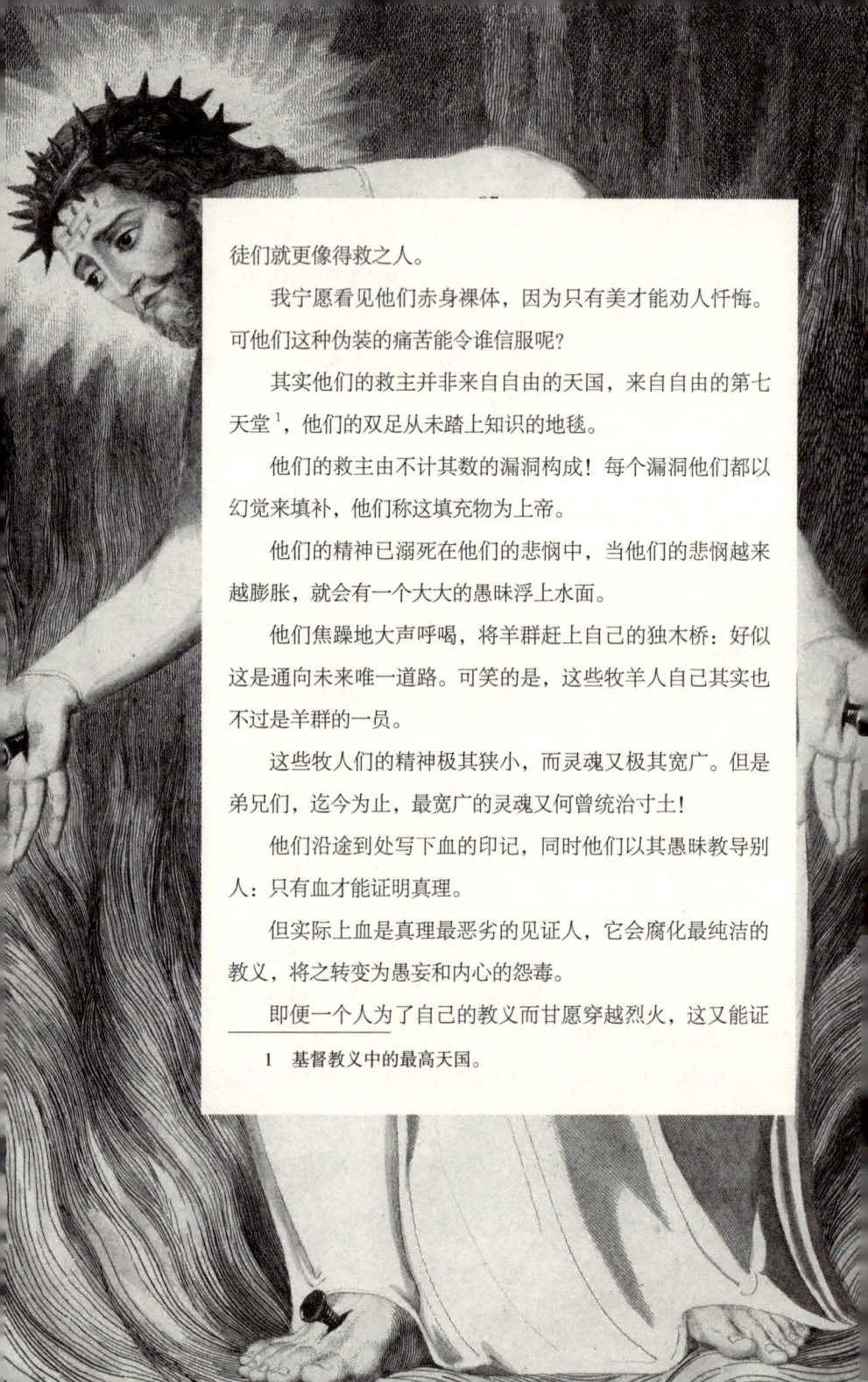

徒们就更像得救之人。

我宁愿看见他们赤身裸体，因为只有美才能劝人忏悔。可他们这种伪装的痛苦能令谁信服呢？

其实他们的救主并非来自自由的天国，来自自由的第七天堂[1]，他们的双足从未踏上知识的地毯。

他们的救主由不计其数的漏洞构成！每个漏洞他们都以幻觉来填补，他们称这填充物为上帝。

他们的精神已溺死在他们的悲悯中，当他们的悲悯越来越膨胀，就会有一个大大的愚昧浮上水面。

他们焦躁地大声呼喝，将羊群赶上自己的独木桥：好似这是通向未来唯一道路。可笑的是，这些牧羊人自己其实也不过是羊群的一员。

这些牧人们的精神极其狭小，而灵魂又极其宽广。但是弟兄们，迄今为止，最宽广的灵魂又何曾统治寸土！

他们沿途到处写下血的印记，同时他们以其愚昧教导别人：只有血才能证明真理。

但实际上血是真理最恶劣的见证人，它会腐化最纯洁的教义，将之转变为愚妄和内心的怨毒。

即便一个人为了自己的教义而甘愿穿越烈火，这又能证

1　基督教义中的最高天国。

明什么？实际上，唯有从自身的烈焰中才会熔炼出自己的教义。

炽烈的心灵和冷静的头脑，二者相遇，会产生呼啸的狂风，会产生救主。

其实，比这世人所谓的救主，比这骄傲的狂风更伟大、出身更高贵的人所在皆有！

我的弟兄们，如若你们想找到自由之路，只有求助于比这些救主更伟大的人！

超人还不曾出现，但我已经看透了大人物与小人。

对我来说，他们惊人地相似。即便是最伟大的人物，也太过于"人化"了。

查拉图斯特拉如是说。

有德之人

我们要以雷霆与天火向懒散而昏昏欲睡的心灵说话。

而美的声音极为轻柔，只有最清醒的灵魂才能听见。

今天，我的盾牌向我轻轻地震颤，它在发笑，那是美的神圣微笑和悸动。

今天，我的美在笑你们，这些有德之人。它说："他们竟还想索求回报！"

你们也想索求回报，这些有德之人！为道德索取报酬，为尘世索取天国，为今日索取永恒么？

现在你们要责怪我么？因为我教导人们从未有打赏者和付薪者存在？是的，我甚至从未说过道德是它自身的酬劳。

唉，我正因此而哀伤，在事物的原初，人们便将奖赏与惩罚的种子埋下。赏罚正悄悄生长在你们这些有德之人的灵魂深处。

我的言语如同野猪的獠牙，一直掘到了你们灵魂的最底部，你们可以称我为犁头。

你们心中的一切秘密都应该暴露在阳光下。如果你们被掘开，被击碎，被曝晒，你们的谎言与真话便会泾渭分明。

这便是你们内心的本来面目：你们如此洁净，不能沾染复仇、惩罚、酬谢与报应这些肮脏的字眼。

你们爱自身的道德，就像母亲爱着自己的孩子，但你们曾听说过，母亲向自己的孩子索取回报么？

你们的道德就是你们最亲爱的自身，你们内心有圆环般的渴望：为了再次回到自身，它与其他圆环纠缠扭打，并不断自我转动。

你们对自身道德所做的一切，就像夜空中陨落的星辰，拖曳着光芒划过天幕，一直陨落，不知将消逝于何方。

因此，即便你们对道德的追求已经完成，道德的光芒却没有熄灭。它一直存在，一直前行，即使你所有的道德追求已被遗忘，已经消失。

你们的道德不是你们外在的附丽，不是皮肤或者外套。你们的道德就是你们"自身"。这便是你们这些有德之人灵魂深处的真相。

竟有很多人认为，道德是鞭挞之下的痉挛抽搐，想必你们已听多了他们的嘶喊。

也有人认为道德就是恶念的怠惰。好似一旦他们的怨恨嫉妒放松下来稍事休息时，他们的正义便会清醒过来，揉擦其惺忪的睡眼。

还有一些人被魔鬼拖向深渊，他们越是向下堕落，两眼就越是炯炯有光，充满对上帝的热烈渴求。

啊，有德之人，想必他们的嘶喊也已传入你们的耳朵："我的本性并非如此，我的本性属于上帝，属于道德。"

还有一些人像运石头下山的车子，笨拙而吱嘎作响地走来，他们也高谈阔论着尊严和道德——他们是把刹车当作道德。

还有一些人像上好发条的钟表，滴答滴答地不停转动，想要别人称这滴答声为道德。

对这种我有自己的娱乐方式。只要我遇到他们，就以嘲讽给他们上紧发条，他们便会如斯响应地滴答作声！

还有一些人为他们微不足道的正义感而自豪，并因此而对万事万物大行其罪恶勾当，进而致使整个世界淹没在他们的不义中。

道德自这些人的口中说出来，是多么的可笑啊。每当他们说："我是正义。"听起来都像是在说："我在出气！"

他们用自己的道德去剜出敌人的双眼，他们以为抬高自己，就能够压低别人。

还有许多人端坐在泥淖中，从芦苇之间说："道德就是安静地坐在泥淖里。

"我们不咬别人，也尽可能回避那想要咬人的人。对于一切事情的那些既定看法，对我们来说都无不可。"

还有些人喜欢搔首弄姿，认为道德就是一种姿态。

即使他们对道德双膝跪地，双手合十顶礼，但他们内心里其实对道德一无所知。

又有些人言必称"道德是必要的"，他们认为这就是道德。实际上他们只相信警察才是必要的。

又有些人看不到人高贵的一面，然而却把卑下的一面看得非常清楚，他们便宣称这一点即是道德——他们恶毒的眼光也被认为是道德。

有些人想得到启迪，得到提升，于是称此为道德；另一些人想要垮掉，他们也称此为道德。

如此这般，每个人都自以为他是道德的一份子，至少也要自居为分辨善恶的权威。

但是查拉图斯特拉来此，并不是与这些说谎者和傻子说话的。他不会跟他们说："你们对道德知道什么？你们又了解道德什么呢？"

是你们，我的朋友们，查拉图斯特拉是要令你们对那些说谎者和傻子感到厌倦。

是要令你们对报酬、赔偿、惩罚以及正义复仇这类话语感到厌倦。

是要令你们对"这是一个好的行为，因为它不自私"这类话语感到厌倦。

啊，我的朋友们，让你们一切行为中的"自我"，就像身处孩子中的母亲一样，以此来作为你们道德的准则吧。是的，我从你们这里褫夺了上百条道德准则，就像夺去了你们最心爱的道德玩具。现在你们就像孩子一样对我发火。

孩子在海边嬉戏，然而海浪奔来，把他所有的玩具卷入海底，他们因此而哭泣。

可是海浪也给你们带来了新的玩具，它把五颜六色的贝壳撒在他们面前。

这样，他们重新获得了安慰。朋友们，你们也会像孩子一样得到慰藉，得到五颜六色的贝壳。

查拉图斯特拉如是说。

贱 民

生命是一道欢乐的泉水。可是不论何处的泉水，只要被贱民同样饮用，就会遭到污染。

我喜爱一切洁净的东西，而厌恶看到不洁者狞笑的嘴和饥渴的模样。

他们把视线投向泉水，泉水把他们可憎的笑容倒映给我们的眼睛。

他们的淫欲污染了神圣的泉水，当他们把污秽的梦称为快乐时，也污染了"快乐"这个字眼。

当贱民把他们湿淋淋的心投入火中，火焰便会怒不可遏地升腾。当他们靠近火堆时，火之精灵也会起泡冒烟。

果实到了他们手里，也会变得腐败和无味。他们的照看会令果树战栗枯萎，果实纷纷掉落。

很多人离弃人生，只因不愿与贱民为伍，不愿与他们分享泉水、烈火和果实。

很多人宁可逃入沙漠，与野兽一起忍受饥渴，也不愿与赶骆驼的肮脏伙伴一道坐在水池边。

很多人像破坏者或麦田的冰雹一样前来，只为想要把他们的脚踩入贱民口中，塞住他们的咽喉。

发现生命需要憎恶、死亡和痛苦的十字架，这还不是最易使我噎食之事。

但某次，我提出的这个问题却差点使我自己窒息：什么？生命也需要那

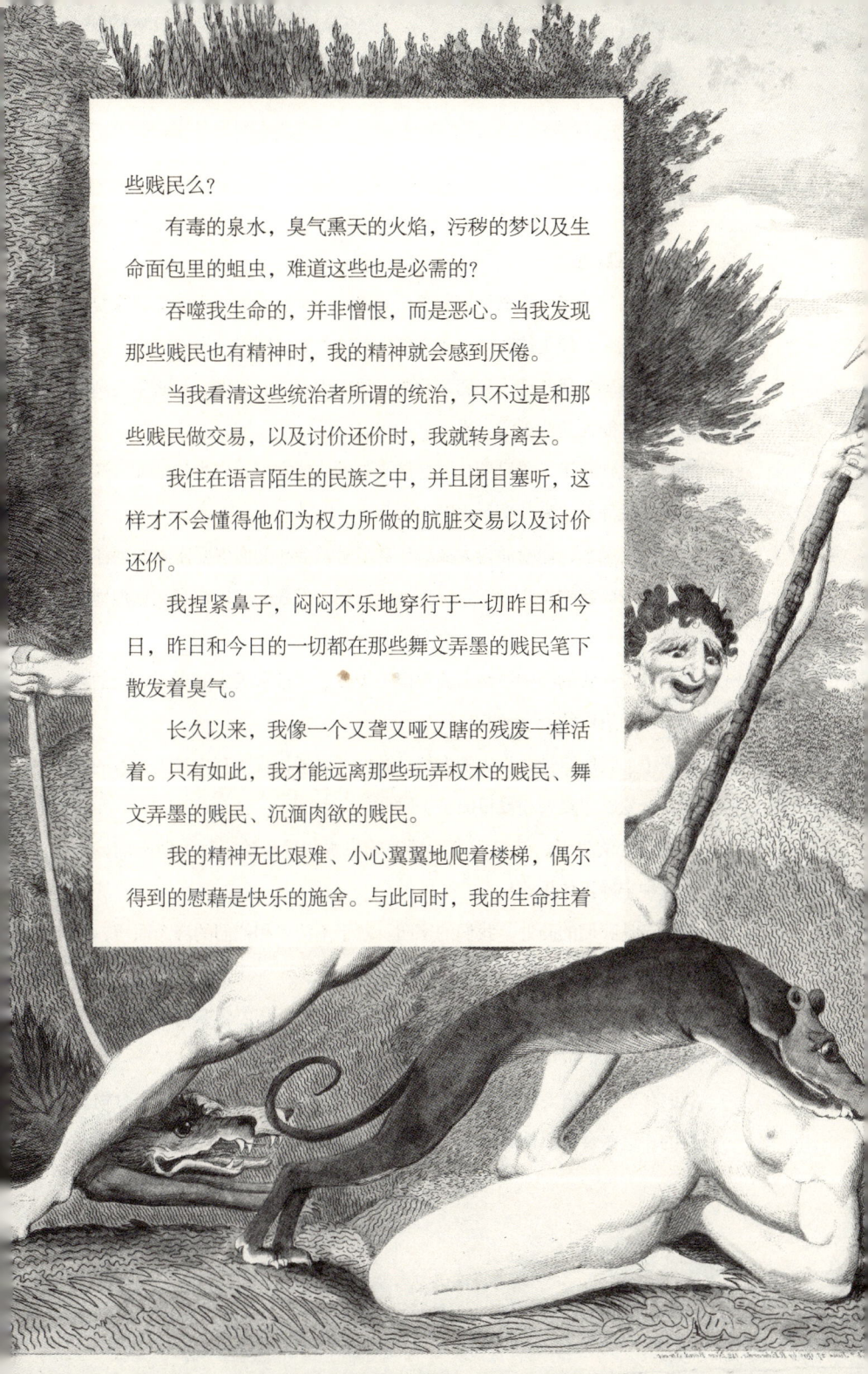

些贱民么?

　　有毒的泉水,臭气熏天的火焰,污秽的梦以及生命面包里的蛆虫,难道这些也是必需的?

　　吞噬我生命的,并非憎恨,而是恶心。当我发现那些贱民也有精神时,我的精神就会感到厌倦。

　　当我看清这些统治者所谓的统治,只不过是和那些贱民做交易,以及讨价还价时,我就转身离去。

　　我住在语言陌生的民族之中,并且闭目塞听,这样才不会懂得他们为权力所做的肮脏交易以及讨价还价。

　　我捏紧鼻子,闷闷不乐地穿行于一切昨日和今日,昨日和今日的一切都在那些舞文弄墨的贱民笔下散发着臭气。

　　长久以来,我像一个又聋又哑又瞎的残废一样活着。只有如此,我才能远离那些玩弄权术的贱民、舞文弄墨的贱民、沉湎肉欲的贱民。

　　我的精神无比艰难、小心翼翼地爬着楼梯,偶尔得到的慰藉是快乐的施舍。与此同时,我的生命拄着盲者的手杖踽踽独行。

我遭遇到什么了？我该如何从这厌恶感中自救？谁能令我的双眼恢复往日的神采？我又怎样飞往高处，飞往那没有这些贱民同坐的泉水边？

是这厌恶感为我制造了翅膀和预测泉源的力量么？是的，我必须飞到最高峻之处，才能找到欢乐的泉水。

啊，我找到它了，弟兄们！在这最高处的快乐之泉，它为我喷涌，这里有着任何贱民都无法来共享泉水的生命。

这快乐的泉水，你喷涌得太猛烈！甚至常常会冲倒你想要盛满的酒杯。

我必须按捺我的内心，学着谦卑地走近你，但我的心也在多么猛烈地向你奔涌啊。

我的夏天在我的心中燃烧，我短促、炎热、忧郁和极乐的夏天。我的夏季之心如此渴望你的无上清凉！

过去了，我所有徘徊不去的春日哀愁；过去了，我所有六月雪一般的恶念。我完全变成了夏天和夏日的正午时分。

这最高处的夏天，这夏天有着清凉的泉水和极乐的宁静。朋友们，来吧，让这种宁静再快乐些！

只因这是我们的高处，我们的家园。对于不洁者和他们的渴念而言，我们住得太高峻峭拔！

把你们纯洁的目光投向我快乐的泉水，朋友们！它怎么变得浑浊，它只会以其纯洁向你们报以微笑。

我们在未来之树上筑巢，雄鹰会不辞辛苦地为我们这些孤独者衔来食物。

是的，这些食物不洁者无法分享，只会令他们像吞了火一样烫伤嘴唇。

是的，这里没有供不洁者栖息的住所，我们的快乐对他们的肉体或精神来说，都是冰窟。

我们要像狂风一样在他们的头顶高处生活，与鹰为邻，与雪为邻，与太阳为邻。这就是狂风的生活。

有朝一日，我要像一阵风一样从他们中间吹起，以我的精神夺走他们精神的呼吸。这是我未来的使命。

是的，查拉图斯特拉是一切低矮地带怒号的狂风。他警告他的敌人和乱吐口水的人："当心，不要逆风而唾！"

查拉图斯特拉如是说。

毒蜘蛛

看，这是塔兰图拉毒蜘蛛[1]的洞穴！你们想看看它的样子吗？它的网挂在这里，轻轻碰一碰，就会震颤不已。

毒蜘蛛兴奋地爬出来了。欢迎，毒蜘蛛！盘踞在你背上的黑色三角是你的标志，我也知道盘踞在你内心的是何物。

你的内心充满了报复的毒液，你咬过的地方会长出黑色的痂，你报复的毒液让人头昏眼花。

你们这些平等的说教者，你们令人头昏眼花，说个比喻给你们听，对我来说你们就是塔兰图拉毒蛛，只会在暗中报复的毒蜘蛛。

但我却会让你们的藏身之处暴露于日光下，然后我会以俯视的目光对你们大笑。

我会扯碎你们的网，让你们因狂怒离开你们充满谎言的洞穴，让你们的报复从你们的"正义"一词背后跃出。

必须将人类从报复心中救出，对我来说这是通向最高希望的桥梁，这是漫长雷雨之后的彩虹。

但毒蜘蛛却不会作如是想，"我们的最高正义即是让世界充满我们报复的风暴。"它们交头接耳。

1　产于南欧的一种多毛毒蜘蛛。传说被它咬过，须长时间狂舞方能止毒。尼采以之比喻倡平等论的社会主义者。

"我们要报复并羞辱所有与我们不同的异类。"毒蜘蛛们在心里暗自发誓。

"'平等意志',这个词今后将成为道德的名号,我们要大声疾呼,反对一切权力!"

你们这些平等的说教者,你们心中那个阳痿的独裁狂就这样高呼"平等",你们最隐蔽的独裁欲,就这样披上了道德的伪装。

这恼羞成怒的自负和倍受压抑的嫉妒,或许是来自你们父辈的遗传,在你们身上变成复仇的疯狂和怒火,最终爆发出来。

父亲讳莫如深的事往往会在他的儿子身上走漏消息,我常常从儿子身上发现父亲深藏的秘密。

他们如此的斗志昂扬,只可惜他们身上激昂的是报复欲,而非他们的内心;使他们变得狡诈而冷酷的,也不是他们的精神,而是他们的嫉妒。

他们的嫉妒竟也引导他们走上了思想者之路,这就是他们嫉妒的标志:他们总是走得太远,以致疲倦地在雪地里睡去。

他们的每句埋怨里都有报复之声,他们的每句赞扬里都有中伤人的恶意。能像法官那样去裁断别人,对他们来说是无上幸福。

但是,朋友,我要奉劝你们:万勿轻信那些身上有着强烈惩罚欲的人。

他们属于一个卑劣的种族和世系,他们的脸上流露出刽子手和警犬的气息。

万勿相信那些侈谈正义的人,他们的灵魂缺少的不仅是甜美。

假若他们声称自己为"善人和义人",那么别忘记,他们和法利赛人相比,只是手中缺少权柄。

朋友们，请不要将我和他人混为一谈。

有一种人他们在宣扬我关于生命的学说，同时他们却又是平等的说教者和毒蜘蛛。

这些毒蜘蛛，他们躲在自己的洞穴里，对生命大唱颂歌，却又逃离生命，只因他们想借此伤害别人。

他们最想伤害的，是当今的当权者，因为在这些人中，死亡的说教还牢牢把持着它的位置。

假若情况不是如此，毒蜘蛛又会换一套教义。从前，正是他们组成了世界的毁谤者与焚烧异端的执行人。

我不愿与这些平等的说教者混为一谈，淆然莫辨，因为正义对我说："人类是不平等的。"

而且人类也不应平等，如若不然，那么我对超人的爱又将置于何地？

人类应当涌向未来，从千百座大小桥梁中挤过，而且要有越来越多的争斗和不平等在他们之间发生。我的大爱让我如是说。

在他们相互的敌视中，他们将创造出各种影像和幻象，然后用这些影像和幻象作最后的决战。

善与恶，富与贫，贵与贱，以及一切价值的名称都将被用作武器，同时也被用作召唤生命不断向上超越自己的号角。

生命本身想要提升自己，因此它构筑梁柱和阶梯。它想眺望远处和最幸福的美景，因此它需要高度。

只因它需要高度，故而它需要阶梯，需要阶梯和攀登者之间的矛盾作用。生命在不断攀升时，超越自己。

但是我的朋友们，看啊！在毒蜘蛛的洞穴上方，正耸立着一座古老庙宇的遗址。再睁大你们的眼睛，仔细看啊！

是的，往昔有人用石块将他的思想建成高塔，他像大智者一样了解生命的奥秘。

即使在美的事物中，也存在着争斗和不平等，也有对权力和统治地位的争夺，这位大智者一般的人用最鲜明的譬喻教育我们。

这些圆顶的穹顶与拱门如何在争斗中神圣地对立啊，它们怎样用光与影对抗交织，这些神圣的斗士！

那么，朋友们，让我们做坚定而美好的仇敌吧，我们将神圣地彼此对抗！

——啊！毒蜘蛛这个宿敌咬了我一口！它神圣地、坚定而美好地咬在我的手指上。

"必须要有惩罚和正义，"毒蜘蛛心想，"他刚才在此为敌意大唱颂歌不无道理。"

他终于为自己报了仇。但是，啊！他的毒液令我的灵魂也起了报复欲的晕眩。

朋友们，把我紧紧捆在这里的柱子上吧，这样我就不再晕眩了。我宁可做一个柱顶修道的圣徒[1]，也不愿做报复欲的狂风。

查拉图斯特拉不是飓风或旋风，假若他要成为一个舞者，也绝不会是和毒蜘蛛一样的舞者。

查拉图斯特拉如是说。

---

1 古代叙利亚一带住在柱顶的苦修者。

著名的智者

你们这一切著名的智者啊，你们是为民众和他们的迷信服务——而不是为真理！正因如此，人民尊重你们。

也正因如此，人民容忍了你们的不信仰，他们视之为一种你们的酸文假醋和殊途同归。犹如主人给奴隶们划定一片自由活动的范围，而以看他们在其中放肆胡闹为乐。

人民如狗仇视狼一般憎恨的，是自由的思想、禁锢的敌人、拒绝崇拜之人以及森林中的住民。

把他从栖身之地驱赶出来——这便是人民所谓的"正义感"！他们常常唆使牙齿最尖利的恶犬去咬他。

"人民所在，即真理所在！愿那些真理的追寻者灾祸临头！"这样的话自古以来就在鸣响回荡。

你们这些著名的智者啊，你们曾为人民的崇拜辩护：你们称之为"真理的意志"！

你们的心常常自言自语："天听自我民听，我来自人民，上帝之声当然也来自那里。"

你们如驴一般顽固而狡黠，总是充当人民的辩护者。

很多当权者为了让人民服服帖帖，常在他们拉车的马前面再套上一头驴——一位著名的智者。

著名的智者啊，我现在要你们完全脱去你们披在身上的狮皮！——

这掠食的猛兽之皮，密布斑纹之皮，这探察者、追踪者、征服者的蓬松鬃发！

啊，若要我试着相信你们的真诚，你们先得粉碎你们崇拜的愿望。

那走向背弃上帝的荒漠、粉碎了崇拜意愿的人，我才称之为真诚之人。

在烈日黄沙的炙烤之中，他当然也渴望那流淌清泉的绿洲，令生命在树木的浓荫下得以憩息。

但是，他的焦渴并不能说服他成为苟安之人，因为绿洲所在，也即偶像所在。

饥饿、凶暴、孤独、背弃上帝，狮子的意志如此自我期许。

抛弃奴隶的幸福，背弃众神与一切偶像崇拜，无畏而不怒自威，伟岸而孤独，这便是真诚之人的意志。

真诚之人以及自由的思想，生活在荒漠，

是荒漠之主；而那些著名的智者

居住在城市中，如同

拉车的牲口，饲料充足。

因为他们总是如驴子一般拖着——人民之车！

我不会因此而责怪他们：虽然他们的车具放着耀眼的金光，他们仍然只是仆役和驾在车前的牲口而已。

他们往往是称职的好仆役，对得起他们的薪水。只因道德如是说："如果你必须要做仆役，那么去找一个你的服务对之最有助益的对象吧！你主人的精神与道德要因为你的服务而进益：你自己也随着他精神与道德的增长而进益！"

真的，著名的智者，你们这些人民的仆役啊！你们随着人民的精神与道德而进益，——人民也因你们而提升！我认为这是你们的荣耀！

但你们虽有自己的道德，你们仍然无异于一般人民，短视愚钝的人民——不懂得什么是精神的人民！

精神是生命的自我折磨：生命因自身的痛苦而精进——以前你明白这一点么？

精神的喜乐是在做一个被泪水净化，被烈火吞噬的神圣牺牲——以前你明白这一点么？

盲人的盲目以及他的彳亍与摸索，正好证明了他所仰望的太阳的力量——以前你明白这一点么？

求知者应当和群山在一起学习如何"塑造"！对于精神而言，移动群山只是易如反掌的小事——以前你明白这一点么？

你们只看见精神的火花，却不知道精神是怎样的一块铁砧以及它的铁锤是怎样的残酷！

真的，你们不懂精神的那种高傲！但如果精神想要发表什么见解，你们会更加不能容忍它的谦卑！

你们还不能把精神抛在深山雪谷中，因为你们自己还没有那样热！同样的，你们也不知道从冰雪的寒意中得到快乐。

但是我觉得在各个方面，你们都和自己的精神太过亲昵；你们常把智慧当作拙劣诗人的医疗院与避难所。

你们不是雄鹰，所以你不曾体验过精神在惶恐之中感到的欢乐。你们不是飞鸟，因此不该在深谷上筑巢。

对我来说你们是温吞水，但是一切深邃的知识都如同寒流。精神的内在泉源是冰冷的，却能令劳作者火热的手掌感到惬意。

你们庄严肃穆地站立在那里，脊背挺得笔直。你们这些著名的智者啊——你们不会被任何强烈的风和意志动摇毫分。

你们是否从未见过一只满涨的帆，颠簸在狂野的风暴中横渡汪洋？

我的智慧也如同帆船被精神的风暴吹袭，颠簸着航行在大海上——我那狂野的智慧！

但是你们这些人民的仆役，你们这些著名的智者啊——你们怎能与我同行？

查拉图斯特拉如是说。

夜之歌

已是夜分：此时所有踊跃的喷泉都更加喧闹欢腾，而我的灵魂也是一道踊跃的喷泉。

已是夜分：此时唯有恋人之歌醒着，而我的灵魂也是一曲恋人之歌。

在我心中，有一件从未止息，也无法止息的东西，它想要引吭高歌。在我心中，有一个爱的渴望，它正诉说着爱的语言。

我是光：唉，我宁愿我是夜！这被光围绕着的，正是我的孤独啊！

唉，我宁愿我是阴影与暗夜！我是怎样如饥似渴地在光的乳房上吸吮啊！

我想要祝福你们，你们这些闪烁的星星，苍穹中的萤火。我想要因你们的光之馈赠而满怀喜悦。

但是，我生活在自己的光中，我吮吸那从我自身喷薄出来的明亮火焰。

我不曾知晓接受者的快乐。我常常梦想：窃取应比接受更为有福[1]。

我的两手从未停止赠予，这就是我的穷困；我总是看见期待的眼和充满渴望的明亮夜色，这就是我的嫉妒。

啊，赠予者的苦痛啊！我的太阳的黯淡啊！欲望的渴盼啊！餍足中极度的饥饿啊！

他们从我这里领取，但我可曾接触到他们的灵魂？赠予与接受之间，有

---

1 改写自《圣经》："施比受更为有福。"

一道小小的鸿沟，而最小的鸿沟往往是最难以逾越的。

一种冲动从我的美好里升起。我想伤害那些我曾照亮的，我想抢掠那些我曾馈赠的——我是如此地渴望行恶。

当别人向我伸手致意时，我却将手缩回；我迟疑着，有如倾泻而下的瀑布还有所迟疑一样——我是如此地渴望行恶！

我的丰盈谋划着这种报复；我的孤独催生了这种恶意。

我赠予的喜悦在赠予中死去；我的道德厌倦了它自己的丰盈！

常常赠予的人会有失去羞恶之心的危险；因为他的心灵与手掌，会因为不断分赠而生出厚茧。

我的眼睛不再因乞求者的赧颜而热泪盈眶；我的手变得太粗糙坚硬，不再能感觉到接受者手掌的战栗。

我眼中的泪水与我心中的柔情都去了何方？啊，一切赠予者的寂寞啊！一切发光者的沉默啊！

许多太阳在广漠的太空转动，它们以光向一切黑暗之物说话——但是对我，它们却沉默不语。

啊，这是光对于发光体的敌意，它冷漠地继续运行于它的轨道。

每一个太阳对于其他发光体，对于其他所有的太阳，都从内心最深处抱着偏见，满怀冷酷——每一个太阳都是如此运行。

太阳们如一阵暴风，循着它们的轨道飞驰：那即是它们的运行。它们绝对遵从它们的不可阻挡的意志：那即是它们的冷酷。

啊，只有你们，你们这些阴影与暗夜之间的生物才从发光体那里取暖！

啊，只有你们，才在光的乳房上啜饮奶汁与慰藉！

啊，寒冰将我包围，我的手因冰寒而燃烧！啊，我的内心有一种渴望，它在渴求你们的渴望！

已是夜分：唉，为何我必须是光！我如此渴求着黑暗！以及孤独！

已是夜分：此时我内心的渴望如同喷泉似的踊跃——它要引吭高歌。

已是夜分：此时所有踊跃的喷泉都更加喧闹欢腾，而我的灵魂也是一道踊跃的喷泉。

已是夜分：此时唯有恋人之歌醒着，而我的灵魂也是一曲恋人之歌。

查拉图斯特拉如是歌唱。

舞之歌

一日黄昏，查拉图斯特拉带着门徒们穿过森林。他们四处寻觅清泉，走到了一个树木环绕的葱郁草地。一群少女正在那里跳舞。她们认出查拉图斯特拉，立刻便停止了舞蹈，但查拉图斯特拉友好地走近她们，对她们说道：

不要停下你们的舞步，你们这些可爱的少女！站在你们面前的人，绝非一个阴暗的扫兴之人，也绝非少女的仇敌。

我是在魔鬼面前为上帝辩护的人，而那魔鬼便是精神的刻板。轻盈的少女啊！我怎么会是神圣的舞蹈和处女的美丽脚踝的仇敌呢？

不错，我是一座暗夜之间的森林，但凡有人不怕我的黑暗，他就会在我的柏树下找到玫瑰盛开的小径。

他也可以找到那处女们最爱的小神灵，默然地闭着眼睛在泉水边休憩。

啊，这懒家伙竟在白天睡着了！是因为他追逐了太多的蝴蝶么？

美丽的少女们啊，如果我稍稍呵斥了这小神灵，请你们也别对我生气！他也许会被我吓哭——但即便他哭了，也是随时可以破涕为笑的！

他应当两眼泪汪汪地请你们跳一支舞，而我将用一首歌来伴和：

这是一首舞蹈之歌，是一个讽刺，给那个对我来说最大最强的魔鬼，被称为"世界之主"的刻板精神。

以下便是查拉图斯特拉在丘比特和少女们共舞时所唱的歌：

啊，生命！最近我曾凝视过你的眼睛。我似乎坠入了深不可测的深渊。

　　但你的金钩把我拉上来，你因为我说你深不可测而嘲笑我。"这是所有鱼儿的言语。"你说道，"它们自己无法测度之物，便认为它不可测度。

　　"但我是丰富而狂野的，我全然是一个妇人，但绝非一个有道德的妇人。

　　"尽管你们男子称我为'深沉之物''忠实之物''永恒之物''神秘之物'。

　　"你们男子常把自身的道德赋予我们。啊，你们这些有德之人！"

　　她曾这样笑着说过，不可信的这位，但是当她自我诋毁时，我决不相信她以及她的笑容。

　　一天，我和我狂野的智慧面对面地交谈，她向我愤怒地说：

　　"你想要，你渴求，你热爱，所以你赞颂生命！"

　　我几乎给了她一个无情的答复，我把真理告诉了愤怒的这位。当我们把真理告诉自己的智慧，那便是最无情的答复。

　　很多事情对于我们三个来说都是如此对立着。在我的内心里，我只爱生命——真的，在恨她时我最爱她！

　　如果说我喜欢智慧，或者喜欢她太多，那是因为她太使我联想到生命了！

　　智慧也有生命的眼眸和欢笑，甚至也有生命的金钩，她俩如此相像，难道是我的过错？

　　有一天，生命问我："这位智慧，她到底是谁？"——我连忙答道："啊！是啊！智慧！

　　"人们狂热地追求她，却永难满足，因为她的面容只能隔着面纱观看，只能用穿过网孔的手指去触摸。

　　"她美丽么？我怎么知道！但是最老练的鱼，还是不免会吞它的钓饵。

"她是多变的，又是固执的；我曾见她紧咬双唇，反梳发髻。

"她也许是卑劣虚伪的，她也许全然是一个妇人，但是当她自我诋毁时，她的诱惑力最大。"

听我讲完这番话，生命闭上眼睛狡黠地笑了。"你讲的到底是谁呢？"她问，"或许是我吧？

"即便你说得不错——但是你怎么能当着我的面，说这样的话！你也去对你智慧这样说说看吧！"

"啊，亲爱的生命！你再度张开双眼，我似乎又坠入了深不可测的深渊。"

查拉图斯特拉如是歌唱，但是当舞蹈终止，少女们散去以后，他不禁悲从中来。

"红日早已西沉。"他终于说道，"草地变得潮湿，森林里阵阵冷气逼人。

"一个不可知之物伫立在我身旁，沉吟着，凝视着我。什么？查拉图斯特拉还活着么？

"为何而活？有什么目的？凭什么而活？朝向何方？停于何处？怎样生活？继续活着，不是一件疯狂的事么？

"啊，我的朋友们，这是黄昏对我的诘问，请原谅我的悲哀吧！

"黄昏已至。原谅我，黄昏已至！"

查拉图斯特拉如是说。

墓之歌

"那里是坟墓之岛，寂静之地；那里也是我埋葬我青春的坟地，我要带一个常青的生命花环到那里去。"

我心中计议已定，开始横渡大海。

啊，你们这些我青春岁月的形象与幻影！啊，你们这些爱的眼波，你们这些转瞬即逝的神圣时刻！如今我思念着你们，如思念死去的亲人一样。

我最亲爱的死者啊，一种抚慰心灵的、沁人心脾的香气，从你们那里飘来，它使我这孤独的海上旅人战栗而舒畅。

我是最富有的，最该被嫉妒的——我这最孤独的旅人！因为我曾拥有你们，你们也仍然拥有着我。告诉我，这树上的金苹果，可曾像为我一样地为别人而落下？

我仍然是你们爱的遗产和继承者。啊，我最亲爱的死者，我为纪念你们，绽放了许多色彩缤纷的野生道德！

啊，你们这些受祝福的奇珍啊，我们是注定要在一起的。当你们走近我和我的渴怀，不像畏缩的鸟儿，而像满怀信任的人走近他所信赖的人！

是的，你们像我一样，也是用忠诚和永恒的爱做成的。难道如今我必须要因为你们的不忠实而给你们另起一个名号么？神圣的眼波和飞逝的刹那啊，我还不曾学会别的名字呢。

是的，你们这些逃遁者消亡得太快了！但是，你们从来不曾逃避我，我也从来不曾逃避你们：我们对于彼此的不忠实是无罪的。

正在放歌的我的希望之鸟啊，他们为了杀我而缢死了你们！是的，邪恶向我最亲爱的你们射箭——每一记都是为了贯穿我的心！

而它已经命中！只因你们永远是我最亲爱的占有物与占有者，所以你们不得不早早夭亡！

他们向我最柔弱的地方射箭，向你们这些娇嫩的身躯射箭，向你们那惊鸿一瞥、转瞬即逝的微笑射箭！

我要向我的仇敌说：杀人罪比起你们加诸于我的，又算得了什么呢！

你们对我所犯下的恶行，更甚于杀人罪；你们夺去了我的无法挽回的一切——我这样跟你们说，我的仇敌们！

你们杀害了我青春的梦想和最心爱的奇迹，你们夺走了我的玩伴，那些快乐的精灵，为了祭奠他们，我要在此献上这个常青的花环，并留下对你们的诅咒！

这是给你们的诅咒，我的仇敌们！你们缩短了我身上永恒之物的生命，就像夜的寒潮袭来，冻结了乐曲的声响，我只来得及抓住它消逝之时最后的神圣一瞥。

从前，在某个快乐的良辰，我的纯洁告诉我："一切存在对于我都是神圣的。"

那时，你们这些仇敌，便派出污秽的幽灵来向我侵袭。啊，那些快乐的良辰如今逃向了何方！

"每一天对我来说都是神圣的。"从前，我青春的智慧曾对我如是说。确实，这是快乐的有智慧的言语。

那时，你们这些仇敌，便将我的无数夜晚偷走，卖给不眠的烦恼。啊，那些快乐的智慧如今逃向了何方！

从前，我渴望鸟儿带来吉祥的兆头，那时，你们就将一只可憎的鸱鸮放在我的路途上。啊，我那些可爱的渴望如今逃向了何方！

从前，我发誓摆脱一切厌恶，你们却将我周遭的一切人和物变成了溃烂的脓疮。

从前，我如一个盲人走着幸福的道路，你们就将一切污秽之物沿途倾倒。如今，盲人早已厌倦了那条老路。

当我完成了最艰难的工作而欢庆胜利之时，你们就令我最爱的人高喊，说我的胜利给他们带来了至深的伤痛。

是的，你们的所作所为总是如此，你们令我最甜的蜜变质，令我最优秀的蜜蜂的辛苦成果变成浪费。

你们总是派遣最厚颜无耻的乞丐来领取我的慈悲，总是让一批最不可救药的无耻之徒聚拢在我的同情心周围，你们就是这样破坏了我的道德信念。

当我将最神圣的一切作为牺牲献祭，你们便立刻在旁边摆上最油腻的供品，使得我的神圣祭品被油腻之气熏到窒息。

我曾想跳一支别人从未跳过的舞蹈，我想在九天之上起舞，你们便哄骗我最喜爱的歌者。

于是他便唱出令人毛骨悚然的阴郁曲调。啊，就像对着我的耳朵吹起悲鸣一般的号角。

杀人的歌者，邪恶的工具，最天真的人啊，我已经摆好姿势，准备跳一支最优美的舞蹈，你就在此时用歌声扼杀了我的激情。

只有在舞蹈中我才知道怎样形容那至高的事物——但直至如今，这最高之物依然停留在我的四肢里哑口无言！

我的最高希望，始终不曾得到启示，得到实现！我青春岁月的一切幻想与慰藉都消亡了！

我怎样忍受了这一切？我怎样从这样的创伤中存活并康复？我的灵魂怎样从那些坟墓里面走出来？

是的，我的内在有一件刀枪不入之物，不可埋葬之物，一件可以开山劈石之物，那便是我的意志。它沉默地跨越许多年岁而恒久不变。

我的老伙计，我的意志，它以我的腿迈步前行；它的天性坚硬无情，刀枪不入。

我的身上，恰恰是脚踵[1]不会受伤。因为你，最有忍耐力的意志啊，你依然恒久不变地保护着那里！你依然能够从一切坟墓里重见天日！

你身上还有我未曾实现的青春。你依然如生命与青春一般充满希望，坐在寒烟衰草间的荒冢黄土之上。

是的，你依然是我一切坟墓的破坏者。我的意志，我要向你致敬！只有坟墓所在的地方，才有复活。

查拉图斯特拉如是歌唱。

1　反用阿克琉斯之踵的典故。

自我超越

　　大智者，你们将推动着你们、燃烧着你们的称之为"求真的意志"么？

　　我却要称此意志为理解一切存在的意志！

　　你们想令存在的一切都能为人所理解，因为你们有理由地怀疑：这一切早就可以被我们理解了。

　　但是，你们的意志应当是：使存在的一切都得屈从于你们！

　　它们应当恭谨地服从你的精神，成为精神的镜子和映像。

　　大智者啊，这应当是你们全部的意志，你们的强力意志；即便在你们谈论善恶和进行价值判断时也应如此。

　　你们想创造一个你们可以向其下跪的世界，这是你们最后的希望与迷狂。

是的，愚者与民众，就如同一条承载着小船的河，价值的评判戴着假面庄严地坐在小船里。

你们将自己的意志与价值放在变动不居的河里漂浮；在民众所相信的善与恶里，我看出一个古老的强力意志。

是你们，大智者啊，你们把这样的客人放在小船上，用奢华的服饰装扮他们，并赋予他们以骄傲的名号——你们和你们的统治意志！

如今这条河载着你们的小船前进，这河必须载着它。被劈开的波浪尽管怒吼着在船底抗议，那有什么要紧呢！

大智者啊，你们的危险和你们善恶的终点不是这条河，而是你们的意志，你们的强力意志——无穷无尽的创造性的生命意志。

但是，为了使你们明了我关于善恶的教义，我先教给你们我关于生命的教义以及关于生物本性的教义。

我曾为了考察生物的本性，而在大路和小径上跟随它们，追逐它们。

我在千面之镜里，捕捉到了生命的目光，在它无法开口的时候，可以用眼睛对我说话。而它的眼睛确实能够说话。

无论哪里，只要是有生物的地方，我便会听到关于服从的言语，一切生物都要服从。

这是我听到的第二件事：不懂得服从自己的人，便要听命于人。这也是一切生物的天性。

而我听到的第三件事是：命令比服从还要难。这不仅因为下令者担负着一切服从者的重担，而且这重担也许会压扁他。

而且我看出一切命令皆是尝试与冒险；当生物发布命令之时，他往往冒着生命的危险。

是的，即便是在他命令自己的时候，他也得为这命令付出代价。他必须要成为自己律法的法官、报复者与牺牲品。

这是什么缘故？我曾问我自己。使生物命令或服从，在命令的同时也要服从的是什么呢？

大智者啊，请听我说吧！你们要严格地检验：我是否已经触及了生命的核心，抵达了它的最深处！

无论何处，凡是有生物的地方，便能发现权力意志；即便在服从者的意志里，我也能发现做主人的意志。

弱者的意志说服了弱者，让他为强者使役；同时这意志又想成为更弱者的主人。这是他唯一不愿被剥夺的快乐。

弱者屈服于强者，以取得统治更弱者的快乐；同样，强者屈服于他的强力意志，并且为了力量不惜以生命为赌注。

强者的牺牲便是生命的冒险与死亡的孤注一掷。

在有牺牲、服役与爱的眼波所在的地方，便有着成为主人的意志。弱者通过秘道悄悄潜入强者的城堡和内心——以此窃取强力。

这个秘密是生命亲自告诉我的。"看，"它说，"我必须不断超越自己。"

不错，你们称此为追求创造的意志，或是向往目标的冲动，向往更高、更远、更复杂的冲动；但这其实只是一件事，同一个秘密。

我宁愿死去，也不愿放弃这唯一的东西。真的，只要有没落和树叶凋零的地方，便有为追求强力而牺牲的生命！

236

我必须成为斗争、演变、目标以及目标的对立面。啊，谁猜得出我的意志，也一定猜得出它所走过的弯路！

无论我创造了什么，我又是如何地喜爱它——不久我便成为它的对手，与我的喜爱背道而驰：我的意志要求我如此。

即便是你这求知者，也只是我的意志所走的小路与脚印。我以追求强力意志的双足行路，和你以求真意志的双足行路，方式并无二致！

谈论"追求存在的意志"之人[1]，根本不曾击中真理：那种意志——压根是不存在的！

因为不存在的不会有意志，而已存在的又何须追求存在呢！

凡是有生命存在的地方，即有意志，但是这意志不是追求存在的意志——让我郑重地告诉你——它是强力意志！

对于有生命的人，有许多东西是被视为高于生命的，这种眼光也即意味着：强力意志！

这是生命曾教导给我的。啊，大智者，我用这教导破解了你们心里的谜团。

真的，我告诉你们：永存不灭的善与恶——是不存在的！因其本性，善与恶必须常常超越自己。

你们这些价值的评定者，用价值判断与你们订立的善恶准则来施行权力：那里面有着你们的隐藏的爱，有着你们灵的闪光、战栗与充盈。

但是从你们的价值评定里，要孕育出一种更强大的力量，一个新的自我超越：它要破壳而出。

真的，谁不得不创造善恶标准，首先便不得不破坏，去打碎价值。

1　叔本华认为世界的根源是盲目追求存在的意志。

所以，最高的恶也属于最高的善，这是创造性的至善。

大智者们，让我们来谈谈吧，尽管这不见得有多好。但沉默不语是更加不好的，一切深藏不露的真理最终都会变成毒药。

让真理能够打碎的一切都被打碎吧！——我们要建的房屋还多着呢！

查拉图斯特拉如是说。

卓越之人

我的海底一片宁静：谁能猜到它藏着奇珍异宝呢！

我的深度恒定不变，但是它飘摇的谜团与笑声在它表面闪烁着光亮。

今天我遇到一个卓越而严肃的人，精神的苦修者。啊，我的灵魂是怎样地嘲笑他的丑陋啊！

他胸部高挺，如深呼吸似的，默默地站着，这卓越不凡的人。

他身上悬挂着许多可怕的真理，那都是他的猎物，他穿已经破烂了的华美衣服；我看见他有许多刺——却没有一朵玫瑰。

他还没有学到笑与美。这猎人忧郁地从知识的森林里返回。

也许他刚刚和野兽搏斗过，但在他的严肃里，还有一头野兽——一头未被制服的野兽。

他站立的样子像一头蠢蠢欲动的猛虎，但是我不喜欢他那种紧张的灵魂；无法对那种不苟言笑的神情以礼相待。

朋友们，你们要说"品位和旨趣是无法讨论的"么？但是，一切生命都是品位和旨趣的争论！

趣味，它同时是砝码、天平与称量者。活着的生命若不为这些而争论，那何其可悲！

这卓越的人，如果他开始厌倦他的卓越，那时他的美才会开始——只有在那时候，我才会喜欢他，才会觉得他合我的趣味。

　　直到他背弃了自己的时候，他才能跳出他的阴影——真的，跳进他的阳光里。

　　他已坐在阴暗处太久，这精神的苦修者已双颊灰败；他几乎要饿死在等待之中。

　　他的眼神里还有轻蔑，他的双唇间藏着厌倦。不错，他现在是在休息，但还不是在太阳底下。

　　他应当像一头牛一样；他的幸福应当带着泥土的气息，而不是对大地的轻蔑。

　　我希望看见他像一头白牛一般在犁前喘气、吼叫，它的吼叫应当是对大地上一切事物的颂歌。

　　他面部还是阴暗的，他手掌的影子遮盖了它。他目光中的意义还被掩藏在阴处。

　　他的行为仍是遮盖着他自己的阴影，行为往往会隐藏行为者的一切。他还没有克服他的行为。

　　真的，我很喜欢他公牛似的脖颈，但是我更愿看见他天使似的眼睛。

　　他应当忘掉他的英雄意志，他不仅应当是一个卓越的人，更应当是一个高飞远举的人——山川灵气应当可以托举他，这忘掉意志的人！

　　他曾制服过怪物，他曾解决过谜题，但是他更应当救赎他的怪物与谜题，使之成为神圣的孩子。

　　他的知识还没有学会微笑，也没有学会不嫉妒；他奔流的激情还不曾在美里平静过。

　　真的，他的欲望不应停留沉没在满足里，而应在美里消失隐匿！温文尔雅是伟大人物特意的恢宏气度。

曲肱而枕：这是英雄的休息方式；英雄也应当如此超越他的休息。

美之于英雄正是最难的事。一切激烈的意志无法寻获美。

增一分，减一分：对美来说都是很严重的问题，也是最重要的问题。

卓越的人啊，放松的筋肉，卸下意志的鞍辔，这是你们最难的事！

把力量变得随和可亲，将之下降到看得见摸得着的地方，我称这种俯就为美。

我向你们这些强者热烈地要求美，甚至远超其他任何人。让你的善良成为你最后的自我超越吧。

我相信你能做一切的恶，所以我希望你行善。

真的，我时常嘲笑那些弱者，他们自称的良善纯粹是出自他们肢体的残废！

你应当仿效柱子的道德：它升得越高，就越发美丽而优雅，同时它内在的抓力就越强大。

是的，卓越的人啊，有一天你也会变得美丽，照着镜子欣赏你自己的美。

那时候你的灵魂会因神圣的渴望而战栗；即便在你的虚荣之中也有着崇拜！

这是灵魂的秘密：只有当英雄抛弃灵魂以后，超英雄才会在梦中向他走近。

查拉图斯特拉如是说。

文化之邦

我在未来的空间里飞得太远，不由得心生恐惧。

我环顾四周。看啊！只有时间是我唯一的同代者。

于是我转身向后逃遁——越飞越快。我如此飞向你们，飞向你们现代人这里，飞到了文化之邦。

我第一次是带着观察的眼光与热诚的善意来访问你们，真的，我怀着憧憬之心而来。

但是情况怎样呢？虽然我感到害怕——我还是忍不住大笑起来！我的眼睛从不曾看见过这种色彩斑斓的怪物。

我止不住地笑着，同时我的双腿和我的内心还在战战兢兢。"这里竟是一切颜料桶的家乡。"我说。

现代人啊，你们的面孔与四肢涂满了各种颜色，我无比诧异地看着你们坐在那里！

你们的四周有五十面镜子，阿谀奉承地反映着你们这套色彩的把戏！

确实，现代人，再没有比你们自己的尊容更好的面具了，戴着它，谁还能把你们认出来呢？

你们身上涂着过去的记号，然后又盖上了新的记号，这样，任何破译密码的专家也无法解释你们了！

即便有人会检查脏腑，但是谁还会相信你们还有脏腑呢！你们似乎是以颜料与废料拼贴而成。

各个时代、各种人民都透过你们的面纱折射那五光十色的一切；各种风俗与各种信仰也都从你们的手势里谈论着那缤纷的色彩。

谁要是除去你们的面纱、裹布、颜料与手势，便会在眼前看到一个可以吓飞鸟儿的怪物。

真的，我就是一个被你们赤裸无色的躯体惊吓的鸟儿；当这副骨骸向我频送秋波时，我连忙飞逃。

我宁愿在地狱里和过去的鬼魂一同做苦工！因为地狱里的住民还比你们充实丰富些！

现代人啊，我内心的真正痛苦是：既不能忍受你们的裸体，又不能忍受你们的穿着！

真的，未来所有陌生并使迷路的鸟儿战栗的一切，都比你们的"真实"更使人觉得自在些熟悉些。

因为你们如是说："我们是完全现实的,既没有信仰,也没有迷信。"这样，你们如此自夸，啊，实际上也用不着自夸。

你们这些染色的人啊，你们怎么会有信仰呢——你们是过去一切信仰的画片罢了！

你们是信仰飘浮不定的辩驳和思想肢体上的脱臼。你们这些现实者，我认为你们是不可信者！

一切时代在你们的精神里互相说长道短，一切时代的幻梦和闲聊也远比你们清醒的理智更实在。

你们是不育的，因此你们缺乏信仰。而创造者总有他们预先的梦想与占星的征兆——他们相信信仰！

你们是半掩的门，掘墓穴的工人正在门外等待。你们的现实便是"一切都将归于寂灭"。

啊，你们这些不育的人在我面前站着，你们是怎样的瘦瘠，肋骨根根突

244

出。你们中间想必也有具备自知之明的人。

他会说："当我熟睡的时候，也许上帝盗去了我什么东西吗？真的，那足够为他制造一个姑娘！"

"真奇怪我的肋骨竟有短缺！"许多现代人如是说。

真的，现代人啊，你让我发笑！尤其是在你们自己觉得惊诧的时候！

如果我不能对你们吃惊的样子发笑，而不得不把你们盘中恶心的东西啜吸，我真是万分不幸！

但是我轻轻地承受着你们，因为我有重任要担荷；如果渺小的苍蝇停在我的重担上，那又有什么打紧呢！

真的，我的负担并不因此而更重些！现代人啊，给我以最大疲倦的不是你们。

啊，我还要带着我的憧憬爬到哪儿去呢！我在每一座高山之巅眺望我的父母之邦。

但是，无论何处，我都找不到它。我在所有的城市中漫游，每一座城门都是我旅行的起点。

刚刚我曾被内心推向这些现代人，如今他们只是使我发笑的陌生人，而我自己是被我的父母之邦放逐出来的。

所以我只爱我孩子们的国土，海外的尚未发现的地方。我要吩咐我的船帆永不停歇地找寻。

我要向我的孩子赎罪，因为我是我祖先的子孙；我要用整个未来——赎回这个现在！

查拉图斯特拉如是说。

无瑕的认识

昨夜月亮出来的时候，它在地平线上腆着沉重浑圆的肚子：我以为它想诞生一个太阳。

然而它的怀孕是个谎言。我宁愿相信月亮是个男性而非女子[1]。

是的，这胆怯的夜游者本也没有什么男子气概。他不怀好意地在屋顶上走过。

这月亮传教士好色而嫉妒，他对大地与男女之间的一切欢爱大起淫念。

不，我不喜欢它，这只屋檐下潜行的猫！我厌恶一切在半开的窗外偷窥之人！

它虔诚而沉默地在星光的地毯上前行。——但是我厌恶一切悄悄步行，而不让他们的马刺发出声响的人们。

光明正大之人的步履必定会发出声音，但是猫却悄无声息地四下奔窜。看，月亮像猫一样地蹑足前行。

这个譬喻是对你们说的，你们这些神经质的伪善者，"追寻纯粹的认识者"[2]，我称你们为好色之徒！

你们也爱大地与大地上的一切，但我已看透了你们！你们的爱里带着羞耻，不怀好意——你们像月亮。

1　月亮在德语中为男性名词。

2　一种哲学观念，即抛弃主体的欲望和感受，对客体和现象进行纯粹如实的观照。如叔本华把离开意志的认识看作美的起源。

你们的精神轻信谰言，轻蔑大地的一切，但你们的内脏还没有被说服，然而这内脏却正是你们身上最强的地方！

现在你们的精神羞于听从你们的内脏，它借着隐蔽的小径和谎言来遮掩自己的羞耻。

"我最高尚的行为，"你们的精神对自己信口雌黄道，"便是抛弃欲念去静观生命，而不是像狗一般拖着馋涎欲滴的舌头。"

"在静观中自有快乐，断绝意志，完全没有自私自利的贪念，身体犹如槁木死灰，唯有双眼如月亮一样迷醉。"

"我觉得最可爱的，"受蛊惑的精神又这样欺骗自己，"便是像月亮那样热爱大地，只用眼睛来观照大地的美。"

"而这便是我对于万物无瑕的认识：对于万物没有任何企图，只求能够躺在它们旁边，如一面有百只眼睛的镜子一样！"

啊，你们这些神经质的伪善者，你们这些好色之徒！你们的欲望中缺少纯洁，所以你们诋毁欲望！

真的，你们对大地的爱，不是创造者、生育者、乐于成长者的爱！

纯洁何在？纯洁即在有生育意志的地方。谁想创造超越自己之物，我便认为他具有最纯洁的意志。

美在何方？美在必须用整个意志去追求之处；在我想要爱、想要毁灭，想要让形象不仅是一个表象的地方。

爱与死是自古以来成双成对的。爱的意志，也即意味着随时准备献出生命。怯懦者，我向你们如是说！

但是你们却以为你们无神散漫的目光是"沉思"！而你们怯懦的目光可

以观照的一切即是"美"！啊，你们亵渎了这些高贵的名号！

你们这些无瑕之人和纯粹的认识者啊，你们所受的诅咒便是你们的永不能生育，虽然你们沉重而大腹便便地躺在天边！

诚然，你们嘴里全是高贵的言词，而你们这些说谎者竟妄想令我们相信：你们的心灵是充实丰盈的。

但我的语言是粗糙笨拙而不连贯的，我乐于拾起你们在盛宴时掉落在餐桌下的食物残渣。

这样也已足够把真理告诉这些伪善者了！真的，我的鱼刺、贝壳与带刺的菜叶，应当使你们这些伪善者的鼻孔发痒！

在你们与你们餐桌的周围，空气是污浊不堪的，因为你们的色欲、谎言和阴谋诡计都弥漫在空气里！

首先去信仰你们自己——你们自己和你们的内脏吧！不相信自己的人，永远是说谎者。

你们这些"无瑕之人"在你们自己面前放了一个上帝的面具，而你们的可憎的蛇早已爬入面具后面去了。

真的，你们这些"沉思者"的骗术还真高明！查拉图斯特拉也曾被你们的神圣外表所蒙蔽；他没有猜到怎样的蛇盘踞在这面具里。

追寻纯粹的认知者啊，在你们的把戏里我仿佛看见了一个上帝的灵魂！我不知道还有比你们的伪造更好的艺术！

我们间的距离使我没有看见蛇的秽物与恶臭，没有看见心怀诡计的蜥蜴在那里淫猥地徘徊。

但现在，我走近你们。接着，白昼将要为我来临——它也将为你们来临——你们对月亮的爱情要完蛋了!

看!它在黎明的晨曦里惊诧得脸色灰白了!

因为红日已经到来——带着它对大地的爱一起到来!太阳全部的爱是纯洁,是创造者的欲望!

看那边,旭日急不可待地越过海面!你们没有感到它爱的焦渴与热烈的喘息么?

它想吸吮海洋,把海从深处提到它自己的高度;同时,海也渴望献出她千万只乳房。

海愿意被太阳之渴吻吮吸;它想变成空气、高度、通往光明的道路,甚至变成光明本身!

真的,我也像太阳一样,热爱生命与一切深海。

而我称此为认识:深沉的一切都要被提升到——我的高度!

查拉图斯特拉如是说。

学 者

当我熟睡之时，一只小羊啃吃我额上的常春藤花冠。它一面吃，一面说："查拉图斯特拉已不再是一个学者了！"

说完，它便大摇大摆地走开。这都是一个孩子告诉我的。

我喜爱躺在这里，时常有孩子们在蓟草与红罂粟环绕的败壁颓垣之间游戏。

在孩子们与花草看来，我仍然是一个学者。他们是最天真的，即便在想要调皮捣蛋时也是如此。

我不再是羊眼中的学者，这是我命运的要求——让我们为这命运祈祷吧！

事实是这样：我早已离开了学者的家，我随手把门恶狠狠地带上。

我饥饿的灵魂在他们的餐桌旁坐得太久了！我不像他们那样，获取学问的途径是敲碎核桃。

我爱自由和清新大地上的空气。我宁爱在牛皮上酣睡，也不要躺在他们的荣誉与威严上！

我常常被我的思想灼伤。它们常常使我喘不过气来，于是我必须走到户外，离开一切灰尘弥漫的密室。

而他们却漠然地坐在阴冷的暗处，无论何时，他们都只会做旁观者，而绝不会坐在阳光照射的石阶上。

　　他们像那些呆立在街头的闲人，张着嘴看着行人的来去匆匆；他们也是如此等候着，张着嘴呆望着别人的思想。

　　谁要是用手拍拍他们，他们便会像面粉袋一样，不情愿地在四周扬起一阵粉尘[1]。但是谁能想得到他们的粉尘，原本也是从麦粒中，从夏日田野中的金色欢乐里产生的呢？

　　当他们带着自以为聪明的自信说话时，那些小小的箴言与真理简直使我寒毛倒竖；他们的智慧常常散发沼泽的气息。真的，我已经听到那里的蛙鸣了。

　　他们确实是很能干的，他们有着精巧的手指，我的单纯与他们的复杂相比简直是天壤之别。他们的手指擅长于穿线、打结、编织，因此他们编打着精神的长袜！

　　1　比喻学者动辄引经据典。

他们都是上好的钟表。假若别人小心地将它们的发条适当扭紧，它们便会分毫不差地报时，发出谦卑的滴答声。

他们像磨盘与碎谷机一样地工作着：抛一点谷子进去，他们便能将谷粒磨碎，使它成为面粉。

他们严密地互相监视，彼此不相信任。他们玩弄一些小小的阴谋诡计，侦伺着那些知识上瘸腿的人——他们像蜘蛛一般地等候着。

我时常看见他们小心翼翼地调制毒药，同时用透明的玻璃手套保护着自己的指头。

他们懂得掷灌铅的假骰子，我时常看见他们如此热衷地掷着，全然不顾满头的大汗。

我与他们互不相识，但他们的道德比他们的虚伪和假骰子更令我恶心。

当我与他们住在同一个地方时，我住在他们上面，因此他们怨恨我。

他们不愿知道听到有人在他们头顶上面行走，所以在我与他们之间，他们放置了泥土、木料和垃圾。

他们就这样使我的脚步声变哑。直到如今，最博学的学者也最难听见我的脚步。

在我与他们之间，他们安放了人类的一切弱点与谬误——他们称此为他们家中的"隔音层"。

但是，不论怎样，我和我的思想还是在他们头顶上走着，即便我踩着我的错误行走，那也还是在他们与他们的头顶之上。

因为人类是不平等的：正义这样说。我的意志所在，他们的意志没有染指的权利！

查拉图斯特拉如是说。

诗人

　　"自从我进一步认识肉体以后，"查拉图斯特拉向他的一个门徒说道，"精神对于我来说不过是精神的象征；而一切不朽之物——也只不过是个比喻。"

　　"我以前也曾听你这样说过，"门徒说，"那次你还加上了一句：'但是诗人们太爱说谎了。'为什么你说诗人们太爱说谎呢？"

"为什么？"查拉图斯特拉说。"你在问'为什么'，我不是随便让别人问'为什么'的人。

"难道我的经验，是昨天才得到的么？很久以前，这个论断的根据我已经体会过了。

"难道我必须是一个装满记忆的桶，以携带我的许多论据么？

"留住我的很多观点就已经很不容易了，许多鸟儿都已经展翅飞走。

"但是，有时候我的鸽笼里也会飞进一只迷路的陌生鸟儿。当我伸手去抚摸它时，它不安地战栗起来。

"查拉图斯特拉从前曾对你说过什么？'诗人们太爱说谎'么？但是查拉图斯特拉自身也是一位诗人。

现在你相信他当时是在说真话么？你为什么相信他？"

门徒回答道："我信任查拉图斯特拉。"但是查拉图斯特拉却摇头微笑。

"信仰并不能使我神化，"他说，"特别是对于我的信仰。"

但是，假若有人以十分郑重的态度说过，诗人们太爱说谎：他自有其道理——我们确实是太爱说谎了。

我们知道的事情太少，而我们又拙于学习，所以我们必须说谎。

我们哪一个诗人不曾在他的葡萄酒里掺假呢？

我们的地窖里预备着很多种毒药，很多莫可名状之事曾在那里完成歌德[1]。

因为我们知道得太少，所以我们由衷地喜欢精神贫乏的人，尤其是懵懂的年轻女子！

1　《浮士德》结尾部分《神秘的合唱》："莫可名状者，在此处完成。"

我们甚至渴想倾听那些老妪们在晚间互相讲述的故事。我们称此是我们身上"永恒的女性"[1]。

我们相信仿佛有一条通往知识的秘密道路，而这条路是我们这些略知皮毛之人无法通行的，所以我们相信民众和他们的"智慧"。

所有的诗人都相信：躺在草地上或寂静的山坡上侧耳倾听，总有一天会领略到天地间的一切秘密。

如若他们得到了一点温柔缠绵的情感，他们便相信大自然本身也在爱着他们：

他们便相信大自然悄悄依偎到他们的耳旁，以绵绵情话低诉着无数的秘密，于是他们以此为荣，在世人面前自吹自擂！

啊，天地间的许多事情，只有诗人们才梦想过！

尤其是天上的事情，因为一切神祇皆是诗人的寓言和诡辩！

真的，我们总被引领上升——直至白云之乡。我们在白云之上安放我们形形色色的玩偶，而称它们为神与超人。

他们都轻若无物，可以端坐在这种云车上——这些神与超人！

啊，我是怎样厌倦这一切力不可及而强要得到实现之物[2]！啊，我是怎样厌倦诗人们！

当查拉图斯特拉如是说完，他的门徒们都悻悻然地沉默不语。查拉图斯特拉也不再说话。他屏息内观，如同眺望远处一样。最后他叹息一声，深深吸了一口气。

---

1 《浮士德》结尾部分《神秘的合唱》："永恒的女性，引领我们上升。"
2 《浮士德》结尾部分《神秘的合唱》："力不可及者，在此处实现。"

"我属于当今与以往，"他说。"但是我内心的一部分是属于明天、后天
与未来的。

"我已厌倦了这些前前后后的诗人们。我认为他们都太浅薄，都是没有
深度的海。

"他们不会深思，因此他们的感情也无法潜入最深处。

"一点点风情，一点点牢愁：这便是他们最深的思虑。

"他们淙淙的竖琴声在我耳里，只是鬼魂的浅唱低吟；迄今为止，他们
又何曾了解过什么是热烈的曲调！

"他们对我来说不够洁净。他们弄浑自己的水，好使它看起来更深。

"他们希望被看作调解者，但我认为他们是一些墙头草、好事者、半吊
子与不洁者！

"啊，我曾在他们的海里撒网，想捕捉些好鱼，但我捞上来的总是一个
古代神灵的头颅。

"这样，海把一个石块赠给饥饿者。诗人自己也像是从海里诞生的。

"不错，他们身上也有珍珠，这使得他们更像坚硬的介壳动物。在他们
内部，找不到灵魂，只有咸味的黏液。

"他们从海那里学会了虚荣，海不正是孔雀中的孔雀么？

"即便在最丑的水牛前，海也会开屏；它永不疲倦地展开它闪着白银和
丝绸光泽的羽扇。

"而水牛却轻蔑地看着，它的灵魂更靠近沙地，更靠近丛林，离泥沼最近。

"美与海，以及孔雀的彩屏，于它何加焉！这是我告诉给诗人们的譬喻。

"真的，他们的精神是孔雀中的孔雀、虚荣之海！

256

　　"诗人的精神需要看客，即便看客是一群水牛！

　　"但我已经厌恶这精神了；我看得出他们自我厌恶的时刻也快要到来。

　　"我已经看见诗人们在改变，诗人们的目光开始转向自身。

　　"我已经看见精神的忏悔者出现，他脱胎于诗人中间。"

　　查拉图斯特拉如是说。

大事变

海中有一座岛——离查拉图斯特拉的幸福之岛不远——上面有一个终年冒烟的火山；一般人，尤其是老妪们，都说这座岛是挡着地狱之门的巨石，而那穿过火山曲折而下的狭径，便是直达地狱之门的通道。

查拉图斯特拉停留在幸福之岛时，有船只来到这火山冒烟的岛旁停靠，它的船员们登岸去猎野兔。但是正午时分，当船长和水手们重新集合，他们忽然看见一个人影穿过空气，飞过他们身旁，他清晰地高呼着："现在是时候了！现在正当其时！"

这人靠近了他们，接着又像幽灵一样掠过，然后迅速飞向火山口——他们大为惊奇地认出了那是查拉图斯特拉；因为除船长外，他们都曾见过查拉图斯特拉，他们爱他，和一般人一样：爱戴和畏惧参半。

"看！"一位老舵手说，"查拉图斯特拉往地狱去了！"

当这些水手们在火焰岛靠岸的时候，幸福之岛上已有查拉图斯特拉失踪的谣言传布。问及他的朋友们时，回答都是：查拉图斯特拉在夜间乘船离开，但是不知去向。

因此，一种焦虑情绪蔓延开来。三天之后，这种焦虑情绪上又增添了水手们的渲染——于是大家都说魔鬼把查拉图斯特拉抓住了。他的门人们当然对此一笑置之；其中一人甚至说道："我宁可相信是查拉图斯特拉抓住了魔鬼。"话虽如此，他们内心深处却不无担忧与思念，因此，当第五天头上，查拉图斯特拉又出现在他们中间时，他们自然喜出望外。

以下是查拉图斯特拉所述他与火犬[1]的谈话记录。

"大地有一层皮，"他说，"而这层皮有许多病。例如，其中一种名叫'人类'。

"这些病之中的另一种名叫火犬。关于这火犬，人类已经说了很多欺人以及自欺的谎言。

"为了一探究竟，我跨海而去；我看到了赤裸裸的真相，是的！从头到脚赤裸的真相。

"现在我知道了关于火犬的真相，因此也知道了那些意在毁灭和颠覆的魔鬼的真相，那可不仅仅是能令老妪们害怕的。

"'火犬，从你藏身的深洞中出来吧！'我这样喊道，'招认你的深洞究竟有多深！你喷吐的东西从何处得来？'

"你曾贪婪地饮下海水：你那雄辩口才的苦涩味出卖了你！真的，你这地底深处的犬，从地表取食的也未免太多了！

---

1 希腊神话中看守地狱大门的三头恶犬刻耳柏洛斯（Cerberus），象征暴力的革命者。

"我顶多把你当成大地的腹语者：而当我听到那些意在毁灭和颠覆的魔鬼说话时，我总觉得它们像你一样：苦涩、虚伪、浅薄。

"你们擅于狂吠，懂得怎样用灰烬遮暗天空！你们是吹牛大王，你们精通于煮沸烂泥的技术。

"你们所到之处，必有烂泥和干枯、空洞而扁平之物，它们跟随着你们：想取得自由。

"'自由'是你们最喜欢的呼声：但是当'大事变'被包围在许多狂吠与黑烟里时，我看不出它有何可信之处。

"相信我，叫嚣躁突的朋友！最大的事变——不是我们叫得最凶的时刻，而是我们最静默的时分。

"世界不是绕着新噪声的发明者旋转的，而是绕着新价值的发明者旋转；它无声无息地旋转。

"所以承认吧！当你的叫嚣与黑烟散尽的时候，发生的变化也是不值一提的。就算一座城市变成了木乃伊，一尊石像坍塌在烂泥里，又算得了什么呢！

"我也要向石像的破坏者说一句。把盐抛入大海，把石像推倒在泥中，那是最愚不可及的行为。

"石像躺在你们轻蔑的污泥中，但这正是它生存的原理；它将在轻蔑中复活，恢复生命和蓬勃的元气。

"它如今依然挺立，轮廓显得更加神圣。它所遭受的苦难使它更具吸引力；真的，破坏者啊，它还要感谢你们曾经推翻了它！

"我把这忠告献给帝王、教堂、一切年华或道德上的衰老者——就让你

260

们被推翻吧，如此你们会重获生命，并使道德再回归到你们一边！"

我在火犬前如是说。于是它愠怒地打断了我，问道："教堂？那到底是什么？"

"教堂？"我回答道，"那是一种国家，是最会说谎的一种国家。但是无需多谈，伪善之犬啊！你当然最清楚你自己的同类！

"国家像你一样，是一头伪善之犬；为使人相信它的话语来自事物的本质，它像你一样善于用狂吠与烟雾发言。

"因为国家无论如何都要做大地上最重要的造物，而一般人也认为确实如此。"

我说完此言，火犬因嫉妒而发狂似的跳跶大叫起来。"什么！"它喊道，"大地上最重要的造物么？而一般人也信以为真么？"它的喉管里喷出大量的热气和可怕的喘息，令我一度以为它会因愤怒与嫉妒而窒息。

最后，它终于平静下来，它的喘息也停止了，但是它一平静，我便笑着说：

"火犬，你动怒了：看来我对你的判断没有错！

"为了强调我的看法，让我告诉你另一只火犬的故事：它是真正从大地的心里说话的。

"它吐纳着黄金和金雨：它的心要它这样。灰烬、黑烟与火热的岩渣，对它有何用处呢！

"笑声像一片彩云似的从它那里飞出。它讨厌你的干哕、呕吐与内脏的绞痛！

"但是它的黄金与笑——自大地的心里取来，因为——索性让你知道吧——大地之心是纯金的。"

火犬听了这些话,它再也呆不住了。它羞愧地垂下尾巴,悻悻地"汪汪"喊了几声,便钻回它的洞里去了。

查拉图斯特拉如是讲述,但是门人们几乎没有听他说什么:他们急不可耐地想要听他谈论水手、野兔与那飞人。

"我该怎样解释呢!"查拉图斯特拉说,"难道我真是一个幽灵么?

"但也许是我的影子吧。你们一定曾听到过流浪者与他影子的传说吧?

"但有一件事却是确定无疑的:我必须更严厉地控制它——否则它终会损伤我的名誉。"

查拉图斯特拉再次困惑地摇摇头。"我应如何解释呢!"他重说了一遍。

"为什么那幽灵会喊着:'现在是时候了!现在正当其时!'

"到底是什么事情——现在正当其时呢?"

查拉图斯特拉如是说。

救　赎

有一天，查拉图斯特拉从桥上走过，一群残疾人和乞丐围住了他。一个驼子对他如是说道：

"你看，查拉图斯特拉！一般人都向你请教并信仰你的学说了，但是要让人们完全相信你，另一件事是必须要做到的——你必须也说服我们这些残废！这里有一个很好的选择，真的，有一个你可以一把抓住的大好机会！你要让盲人重见光明，让跛子再次奔跑，你要让驼背之人卸去重担，再次挺起腰杆——我相信这将是使残疾人相信查拉图斯特拉的最好方法！"

但查拉图斯特拉向这残疾人如是答道："谁割掉了驼子的驼背，同时便也割掉了他的精神才智——人们这样教导；如果盲人重获光明，他便会看见大地上的许多坏事，因此他会诅咒那使他痊愈的人；谁让跛子奔跑，便会给跛子以莫大的损害，因为一旦他能够奔跑，他的恶习便也一道畅行无阻——这都是人们对于残疾人的看法。既然人们愿意听取查拉图斯特拉的意见，查拉图斯特拉为什么不也汲取人们的想法呢？

"自从我来到世人中间，我便发现：有人少了眼睛，另一个人少了耳朵，第三个人没有脚，还有许多人失去了舌头或鼻子，甚至于失去了头脑。但是，我认为这些都是无关紧要的小事。

"我曾看见过更糟更可怖的事情，我无法一一枚举，但我又不能完全保持沉默——有些人什么都没有却只有一件东西过度发达——有些人仅是一只大眼睛，一张大嘴巴，一个大肚子，或是别的什么大东西——我称他们为反面的残疾人。

"当我告别了孤独的隐居生活，第一次经过这座桥时，我简直不敢相信自己的眼睛，我看了又看，最后我说道：'这是一只耳朵！一只人一样大的耳朵！'但是我更走近了去观察，实际上，这耳朵后还蠕动着什么，又小又衰弱的可怜东西。真的，这大耳朵生长在一个又瘦又小的杆上——这杆子便是一个人！如果再戴上眼镜仔细看，便可以认出一张充满嫉妒的小脸，还有一个空洞的小灵魂在这杆头上摇摆着，但是人们告诉我：这只巨大的耳朵不仅是一个人，而且是一个伟人，是一个天才。当然一般人说起伟人的时候，我从不相信他们——我坚持我自己的信念：这是一个'什么都没有却只有一样器官过度发达'的人，一个反面的残疾人。"

查拉图斯特拉向这驼子以及他所代表所辩护的这群残疾人说完以后，便转身很不高兴地向门人们如是说道：

真的，朋友们，我走在人群里，就像走在人类的无数断体残肢里一样！

我发现人体断裂，四肢零落，如置身战场和屠宰场一般，这对于我的眼睛，实是最可怕的事。

我的眼睛从现在逃回过去，但我的发现并无不同：碎块、残肢与残酷的偶然——而没有人！

大地的现在和过去——啊！朋友们——是我最不能忍受的事；如果我不能像先知一样预知那必将到来的事物，我简直无法活下去。

先知、有目的之人、创造者、未来本身和通往未来的桥梁。唉，某种意义上，站在这桥头的残疾人：这一切都是查拉图斯特拉。

你们常常自问："查拉图斯特拉对于我们来说是什么？我们该怎样称呼他？"像我一样，你们常把问题当作自己的答案。

他是许诺者，或是践言者？征服者，或是继承者？收获，或是爬犁？医生，或是一个康复者？

他是一个诗人，还是一个求真者？一个解放者，还是一个受压迫者？一个善人，还是一个恶人？

我像一个未来的碎片一样走在人群里，这未来是我所预见的未来。

我全部的诗情和渴望，便是将这些碎片、谜团与残酷的偶然收集起来，还原为一个统一体。

如果不做诗人、解谜者与偶然的拯救者，我怎能忍受做人呢！

拯救过去，将所有的"已然如此"变为"我要它如此"——这才是我所谓救赎！

意志——这是解放者与报喜者的名字：朋友们，我曾如是教你们！但现在再学学这一条：意志本身还是一个囚徒。

意志解放一切，但至今仍将这解放者锁在牢笼中的，又是什么呢？

"已然如此"，这正是意志最切齿的愤恨和最寂寞的悲凉。一切的既成事实，已无法改变，所以意志对于过去的一切，是一个愤怒的观众。

意志无法改变过去；它不能打败时间与时间的欲望——这便是意志最寂寞的悲凉。

意志解放一切，但它如何行动才从悲凉里自救，并嘲弄它的牢狱呢？

啊，每一个囚犯都会变成疯子！被囚的意志也疯狂地自救。

时间不能倒退，这是意志的愤怒；事物"已然如此"——便是意志不能推动的石块。

因此意志因愤怒和不满而去推动许多石块，它向那些感觉不到它愤怒和不满的人进行报复。

意志这解放者就这样成为一个刑讯逼供者，它对能忍受痛苦的一切施行报复，因为它无法返回过去。

这一点，仅仅这一点，才是报复：意志对于时间与时间的"已然如此"的憎恨。

真的，我们的意志里有一个大疯狂，这疯狂学会了精神，就成为对于人性的最大诅咒！

朋友们，报复的精神，那是迄今为止人类最郑重其事的企图：痛苦所在的地方，便也该有惩罚。

"惩罚"，这是报复的自称：它以一个谎言将自己乔装成问心无愧。

既然有意志者无法向后运用意志，因此他倍感痛苦，所以意志本身与一切生命都被认为是惩罚。

如今一层一层的乌云笼罩在精神上。到最后，疯狂就来说教："一切都是无常的，所以一切都应该消逝！"

"这是时间的律法：时间必须吞食它的孩子，这是正义的。"疯狂如是说教。

"一切事物都是按照正义与惩罚而被安排了道德的秩序。

啊，哪里有摆脱万物之无常和生存之惩罚的救赎呢？"疯狂如是说教。

"如果永恒的正义存在，救赎还有可能么？啊，'已然如此'这石块是推不开的，因此一切惩罚也必须是永恒的！"疯狂如是说教。

"任何行为都不能被取消，它又怎会被惩罚取消呢！生存必须是行为与负罪的永远重复，这就是生存惩罚的永恒！"

"除非意志终于自救，或意志变成无意志。"[1]——但是，弟兄，你们知道这只是一个寓言式的疯狂之歌！

当我告诉你们"意志是一个创造者"时，我曾引导你们远离这些疯狂之歌。

一切"已然如此"都是碎片、谜团与残酷的偶然——除非创造性的意志说："但是我曾要它如此！"

——除非创造性的意志说："但是我要它如此！我将要它如此！

"它已经如是说过了么？何时说的？意志已经卸下它的疯狂了么？

"意志已经是它自己的拯救者与报喜者了么？它忘却了报复的精神和切齿的愤恨么？

"谁教它与时间和解？谁教它那比和解更高之物？

"当意志是强力意志，它必然要追求比和解更高之物——但是这如何实现呢？谁能教会它逆转以回到过去的意志呢？"

查拉图斯特拉说到这里，忽然如一个被极度震骇的人一样，停止了他的讲话。他用犹疑的眼神望着门徒们，他的目光像箭一样穿透了他们的思想与内心深处，但是过一会儿他又笑起来，平静地说道：

"生活在人群里很难，因为沉默很难，尤其是对一个爱唠叨的人。"

1　叔本华的悲观主义。

查拉图斯特拉如是说。那驼子一边捂着脸，一边倾听这段谈话。当他听到查拉图斯特拉的笑声，他好奇地抬头仰望着后者，慢慢地说道：

"为什么查拉图斯特拉跟我们说的话，与对弟子们说的不同呢？"

查拉图斯特拉答道："这有什么好奇怪的！向弯腰驼背之人说话，当然要绕弯子！"

"很好，"驼子说，"跟门人说话，当然要关起门来。"

但是，为什么查拉图斯特拉对门人们说的话——和对他自己说的又不同呢？

处世之道

高处并不可怕，斜坡才是可怕的！

在斜坡上，目光要向下俯视，双手却要向上攀援。这双重的意志使人心眩晕。

啊，朋友们，你们能猜到我心里的双重意志么？

我的斜坡与危险是：我的目光要望向山顶，而我的双手却要在深处寻找支撑！

我的意志牵系着人类，我用锁链使我与人类拴牢，因为超人要将我向上拽到他那里，所以那是另一意志的方向。

因此我像盲人一样住在人群里，仿佛我完全不认识他们：如此我的手才不致完全失去对于坚硬的信仰。

我对你们这些人一无所知：这种沮丧与安慰常常包围着我。我坐在门前对每一个来来往往的无赖发问："谁要欺骗我？"

我的第一条处世之道是：让我自己上当受骗，对骗人者不设防备之心。

啊，如果我对人群有防备的戒心，人群怎能做我气球的锚桩呢！我将很容易地被拽走，拽向高远的地方！

我必须放下我的远见，这是统治着我命运的天意。

不愿在人群之中渴死的人，必须学会用一切杯子饮水；想在人群之中保持清洁的人，必须学会用污水洗浴。

而这是我常常自慰的话:"勇敢些!振作起来!老伙计,我的心!不幸还没能降临到头上,把这看作你的大幸吧!"

我的第二条处世之道是:我对虚荣比骄傲更加宽容。

遭到伤害的虚荣不是一切悲剧之母么?但是骄傲受到伤害时,反会生出超出骄傲的东西。

人生要成为一台好戏,它必须要有好的表演,因而必须要有好演员。

我觉得一切虚荣之人都是好演员,他们热爱表演而且希望别人观看——他们全部的精神都倾注在这种意志里。

他们登场表演,拼命表现;我喜欢在他们旁边观赏人生的好戏——这可以治愈我的忧伤。

所以我忍受虚荣之人,因为他们是治疗我的忧伤的医生;他们把我与人群牢牢拴在一起,如同我对戏剧的迷恋。

虚荣之人有着最深的谦卑,谁能将之测度呢!我对他们充满善意,因为我同情他们的谦卑。

他要从你们这里获得自信;他从你们的目光摄取养料,从你们的手心里吞咽奖赏。

只要你们为奉承他而说谎,他便乐于相信你们的谎话,因为他们的内心最深处在叹息着:"我是什么呢!"

如果真正的道德是对自我没有意识,那么,虚荣之人意识不到他的谦卑!

我的第三条处世之道是:不因你们的胆怯而扑灭观赏恶人表演的兴趣。

我非常乐意看到酷热的太阳所孕育的奇迹:猛虎、棕榈树和响尾蛇。

在人群里,酷热的太阳也孵化出很多美丽的后代,恶人里也有令人惊叹

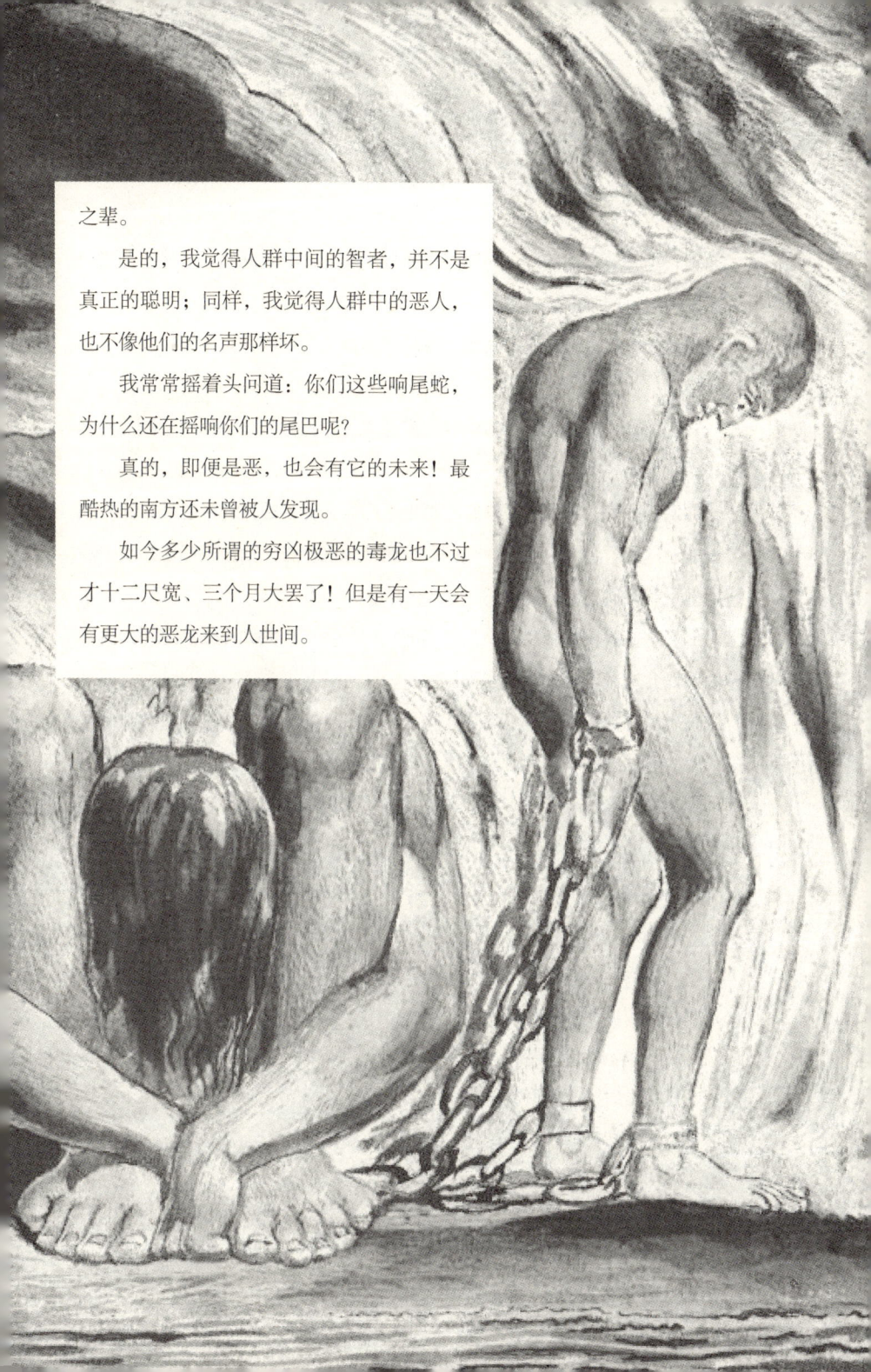

之辈。

是的，我觉得人群中间的智者，并不是真正的聪明；同样，我觉得人群中的恶人，也不像他们的名声那样坏。

我常常摇着头问道：你们这些响尾蛇，为什么还在摇响你们的尾巴呢？

真的，即便是恶，也会有它的未来！最酷热的南方还未曾被人发现。

如今多少所谓的穷凶极恶的毒龙也不过才十二尺宽、三个月大罢了！但是有一天会有更大的恶龙来到人世间。

因为超人要有他的龙，足以与他匹敌的超龙，为此必须要有许多酷热的太阳去炙烤卑湿的原始森林！

你们的野猫必须演化为猛虎，毒蛙必须演化为巨鳄，因为好猎人必须要有好猎物！

真的，善人和义人啊，你们有许多可笑之处，尤其是你们对于所谓"魔鬼"的畏惧！

你们的灵魂对于伟大事物如此陌生，你们会觉得超人的善也是可怖的！

你们这些智者与学者啊，你们会逃避智慧的烈日，而超人却正在其中愉悦地享受着裸体日光浴！

你们这些我视野所及的最高之人啊！这是我对你们的怀疑和窃笑：我猜你们仍然会把我的超人叫做魔鬼！

啊，我已厌倦了这些至高之人和至善之人：我渴望从他们的"高处"远离，在他们之外，从他们之上，抵达超人！

当我看到这些至善之人的裸体时，我不禁毛骨悚然，于是我生出双翼，载着我飞往遥远的未来。

飞往更遥远的未来，飞往一切艺术家们从未梦想过的更南的南方。在那里，神灵们以一切衣物为可耻！

啊，邻人们，伙伴们，我愿看到你们乔装打扮起来，穿戴整齐，虚荣而充满威严，如那些善人和义人一样——

我也要乔装打扮，坐在你们中间——使我不能认出你们或我自己的真面目。这是我最后一条处世之道。

查拉图斯特拉如是说。